JN318958

黄金の地下城

風魔小太郎血風録

安芸宗一郎

Aki Soichiro

文芸社文庫

目次

第一章　異変

1

下谷広小路《したやひろこうじ》は、祭り見物を終えたほろ酔い加減の男女でごった返していた。

むせ返るような人いきれ――。

今日は六月十五日、祭り好きの江戸っ子が待ちに待った天下祭り、赤坂日枝《あかさかひえ》神社の例大祭が開催されていた。

火事と喧嘩は江戸の華というが、一日中御輿をかつぎ、あるいは山車を引き、江戸中を練り歩いた男たちは興奮醒めやらず、全身の神経をささくれ立たせている。

そんな荒くれ男たちが、広小路のいたるところで怒鳴り合うのも無理はなかった。

肩が触れた、目つきが気に入らない、諍いの理由はなんでも良かった。

怒鳴り合い、殴り合い、取っ組み合うことでしか、男たちのささくれだった神経と荒ぶる魂を鎮めることができないのだ。

怒鳴り合いの周りには野次馬の人垣ができ、その中ではこれ見よがしに諸肌《もろはだ》を脱いでいる。

そして観音《かんのん》、仁王《におう》、金太郎《きんたろう》に昇り龍、色とりどりに刻まれた自慢の『我慢《がまん》』（刺青）を見せつけた男たちが掴みあい、殴りあっていた。

芋を洗うような、広小路の喧噪と混雑からようやく抜け出せた風祭《かざまつり》虎庵《こあん》は、乱れた着物の裾を整えて大きなため息をついた。

ここまでくれば、目指す自宅は目と鼻の先だった。

「それにしても愛一郎《あいいちろう》、天下祭りってのは凄まじいもんだな」

「そうですね、今日は日枝神社の例大祭ですからね」

「最後にみた天下祭りは十六年前、上様から上海行きの密命を受けた年のことだ。こうして祭りを目の当たりにすると、ガキの頃の記憶がいかにいい加減な物か思い知らされるぜ」

午後の往診を終えた虎庵が、診療所の門前に戻ったのは七つ（午後四時）にほど近かった。

門にかかった美しい正目の檜の看板には、墨痕鮮やかに見事な楷書で「風祭蘭方診療所　良仁堂《りょうじんどう》」と筆書きされている。

「先生、もう慣れられましたか」

　蘭方医風祭虎庵の一番弟子の愛一郎は、そういいながら通用口の木戸を開けた。

　坊主頭に刺し子の治療着を着込んだ愛一郎は、ずんぐりと太ってはいるが手足は細く、身の丈は五尺あまり。

　一見すると子供のようだが、これでいざという時にはなかなか敏捷に動き、並々ならぬ膂力を発揮する。

「なんのことだ」

「吉原を支配する風魔の総帥十代目風魔小太郎《ふうまこたろう》と、下谷の名蘭方医風祭虎庵の二足の草鞋《わらじ》のことです」

「慣れるもなにも、ほとんど蘭方医の風祭虎庵じゃねえか。風魔の統領らしいことをしたのは、俺が上海から連れ戻された去年の暮れのことだぜ」

　虎庵は自分が上海から呼び戻され、十代目風魔小太郎を継ぐきっかけとなった、元武田透波《たけだすっぱ》との戦いを思い出した。

「あの一件で、お城の中も吉原も、悪が一掃されて風通しがよくなったんでしょうけれど、私は先生が医者でいてくれる方が安心ですよ。それはそうと、広小路で喧嘩をしている奴らの右肩をご覧になりました？」

「右肩がどうかしたか」

「やつらのほとんどが、右肩を紫色に腫れあがらせていたでしょ。あれは神輿を担ぎ、一日中練り歩いていた証拠なんですよ」

「なるほどな。だがそれにしても、今日の提灯店《ちょうちんだな》は大繁盛だな。目をぎらつかせた男たちの人いきれと遊女の脂粉の臭いでむせ返るようだったぜ」

「下谷広小路裏の提灯店といえば吉原と違い、格式なんか糞食らえ、あくまで男の情欲を晴らすことだけが目的の若衆が、安心して女を抱ける岡場所ですからね」

「それにしたって、粋で鯔背を地で行く江戸の男たちが、女を抱くのに行列するってのも、どうかと思うぜ」

　虎庵が十六年ぶりにみた江戸の天下祭りは、少年の頃に毎年楽しみにしていた祭りの記憶とはかけ離れ、完全に気圧されていた。

「先生。江戸に祭りは数あれど、天下祭りと呼ばれる神田明神《かんだみょうじん》、日枝神社、根津神社《ねづじんじゃ》の例大祭は特別なんですよ。なにしろ神輿や山車とともに、私ら町人が江戸城内への入城を許されるんですからね。この日ばかりは武士も町人もなく、一緒に楽しめる珍しい祭りなんですから」

「たしか神田明神が江戸市中の鎮守、日枝神社が江戸城の鎮守として将軍家が保護してるんだよな」

「先生、祭り好きの江戸っ子の本音をいえば、理由なんかどうでもいいんですよ。今日の山王祭りが異常に盛り上がるのだって、年に三度行なわれる天下祭りのうちで、最初に催されるからなんですよ。祭り好きで、初物好きの江戸庶民が、手ぐすね引いて待つ大祭、それが山王祭りなんですよ」

「祭りまで初物を珍重するってのか？　江戸っ子は面倒臭えな」

「そうはいいますが、今日はやけにお姉ちゃんたちが綺麗にみえませんでしたか」

「お姉ちゃんが綺麗？」

「左様でございます。お姉ちゃんたちだって、男たちの目を引こうとこの日のために用意した着物に帯に髪飾りで、一世一代、目一杯のお洒落をするんです。日本橋に全国から呉服屋が集まっているのだって、毎年毎年、そういうお姉ちゃんたちの着物需要があればこそなんですよ」

「ふーん、そんなもんかね」

　書院造りの居間に戻った虎庵は、例によって縁側で胡座をかいた。

　高い白壁の塀に囲まれた中庭は、外の喧噪が嘘のような静けさに包まれている。

　右手に設えてある瓢箪形《ひょうたんがた》の池の畔では、一羽の白鷺がじっと水面を見つめていた。

　十六年前、主君の紀州藩主徳川吉宗《とくがわよしむね》からの密命を受けた虎庵は、再び密命で江戸に呼び戻された去年の秋まで十五年間、清国《しんこく》にある上海の地で暮らしていた。

　人口二十万人を越える上海も人で溢れかえっていたが、天下祭りの浅草下谷界隈が見せる混雑と賑わいは、上海とは比べものにならない。

どこからこれほどの人がわいて出るのか、まさに百万都市江戸ならではのものだ。

京や大坂の賑わいぶりは知らないが、到底、江戸にかなうとは思えなかった。

そんなことを考えながら、虎庵は愛用の長煙管《ながきせる》にキザミを詰め始めた。

すると火種を入れた煙草盆を持った愛一郎が、いつものように慌てふためきながら廊下を駆けてきた。

「先生、すぐきて下さい。門前が大変なことになってますっ！」

「ああん？　しかたねえな」

八の字に下がった愛一郎の眉に嫌な予感がした虎庵は、長煙管をその場に置いて玄関に向かった。

虎庵が通用口の木戸を開けると、愛一郎がいったとおり、門前は百人を超える黒山の人だかりになっていた。

「おいおい、これはなんの騒ぎだ」

虎庵が野次馬の人垣をかき分けながら進み出た。

門前には縞の着物に短めの羽織姿の同心が五名、捕り方の小者が二十名あまりで、豪華な駕籠を取り囲むようにして待機していた。

「見せ物じゃねえんだ。さっさと散れってていってんだろが」

捕り方は犬を追い払うように十手を振りながら、物見高く集まってきた野次馬に鋭い目つきで威嚇《いかく》した。

「なんでえ、なんでえ。治療時間はとっくに終わってるぜ。俺は虎庵だっ、どいてくんなっ！」

虎庵は鬱陶《うっとう》しそうに捕り方を掻き分け、一番偉そうな男の前に進みでた。

「おう、虎庵先生。さんざん待たせやがって、どこに雲隠れしてやがった」

腕組みした南町奉行所与力、木村左内《きむらさない》が不機嫌そうにいった。

木村左内は一見優男風だが身の丈五尺七寸で、小柄な江戸庶民の中ではなかなかの偉丈夫だった。

与力といえば二百石取りの本来なら立派な旗本なのだが、町奉行所の与力となると少しばかり事情がちがう。

なぜか登城も許されず、同じ侍からいわれもなく、不浄役人と蔑まれているのが現実なのだ。

左内はそんな己が境遇にも開き直るように、普段から黒の紗の一重をキザに着崩し、べらんめえ口調の無頼を気取っていた。

「雲隠れとはご挨拶じゃねえか。ちょいと猿若《さるわか》まで往診にいってたんだよ」

「往診か、それじゃあ文句をいうわけにもいかねえか」

「それにしても、今日はやけに派手なお出ましじゃねえか」

虎庵は左内の背後にある派手な大名駕籠をみた。

「この様子をみればわかるだろう。ともかく門をあけてくれよ」

「それもそうだな。愛一郎っ、開門だ！」

虎庵が一声怒鳴ると音もなく厚い門扉が開き、警護の同心と駕籠を担いだ捕り方たちが、吸い込まれるように屋敷の中になだれ込んだ。

「で、左内の旦那、この駕籠の中は何者だ」

愛一郎とともに門扉を閉めた虎庵がいった。

「みればわかる」

左内が顎をしゃくると、駕籠の脇にいた同心が駕籠の扉を開いた。

駕籠の中には顔面蒼白で、額に脂汗を浮かべた浴衣姿の美しい女がいた。

「愛一郎、すぐに診療室の準備をしろ。左内、この女をとっとと運び出せっ！」

見るからに緊急を要する女の様子に虎庵が叫ぶと、辺りに緊張が走った。

「左内の旦那、みるからに傷が深そうだが」

「背中に一尺あまりの刀傷。日本刀というより、もっと切れ味の悪い刃物の傷だ。一応、奉行所で蘭方医が消毒と止血は施してあるが……」

「わかった。とにかく急いでくれ」

虎庵は玄関先に置いてある大きなカメの蓋を取り、中に両手を突っ込んだ。カメの中には消毒用の琉球泡盛の古酒が満たされている。

消毒を終えた虎庵が診察室の木戸を開くと、

「おう、虎庵先生。これでいいか」

診察室の虎庵用の丸椅子に座った左内が、偉そうにそっくり返っていった。

虎庵は返事もせず、診察台の上でうつ伏せになっている素っ裸の女の脇に立った。結わずにおろしたままの艶やかな黒髪、目を閉じた横顔は日本人のようだが、すらりとした長い脚、くびれた腰と小ぶりだがとんがった尻が日本人離れしている。

虎庵が背後の左内を振り返ると、女の股間を凝視していた左内は、慌てて天井に視線をそらした。

「愛一郎。お前も気が利かねえな。可愛そうに、腰に浴衣の一枚も掛けてやりゃいいじゃねえか。こんな助平野郎の前で、若い女が素肌を晒すなんざ生き地獄だぜ」

虎庵はそういいながら、傍にあった浴衣で女の下半身を隠した。

女の白い背中には、見事な昇り龍が彫られている。

そしてその龍の胴体が、右の肩口から斜めに一尺あまりの切り傷で、真っ二つに切断されている。

虎庵が傷口を確認すると、橙色の筋肉組織は見えているが傷ついてはいない。

刃物傷に間違いはないが思ったより傷は浅く、応急処置は完璧で出血も止まっていた。

「見事な彫物だが、傷口を縫わねえことには仕方がねえ。おう、左内の旦那、ちょっと手を貸せ」

「お、俺がか？」

「俺の向かいに回り、この女の傷口を左右から両手でしっかりと押さえてくれ」

虎庵はそういうと、愛一郎に縫合の準備をするよう指示した。

「押さえろって、愛一郎にやらせりゃいいじゃねえか」

左内は不服気に咥えている爪楊枝を上下させながら、おずおずと診察台に近づいた。

「左内の旦那、俺あ、別に縫合なんかしなくてもかまわないんだぜ。この女が死んで困るのはあんたの方じゃねえのか。散々尻の狭間を覗いてやがったくせしやがって」

虎庵はそういうと、女の尻を凝視する左内の月代に平手打ちをくわえた。

診察室に「ピシャリ」という乾いた音が鳴り響いた。

虎庵にかかると、南町奉行所の与力も形無しだった。

「わ、わかったよ。で、どうすりゃいいんだ」

「龍の彫物がずれねえようにして、両手で左右から傷口が盛り上がるように押さえ付けてくれ」

「こ、これでいいか」

左内は女の頭のほうに廻ると、開いた傷口の両側に手を置き、傷口が閉じるように押し付けた。

「もう少し強く、傷口が盛り上がるようにだよ」

「こ、こうか？」

「おう、上等だ」

虎庵は急ぎ、黒い絹糸で傷口の縫合を始めた。

女は一針目の痛みに小さく唸り、二針目の激痛で一瞬意識を取り戻した。

だが三針目の激痛で、すぐにまた気を失った。

そこから虎庵は、お針子が雑巾でも縫うような手早さで縫合を続けた。

「先生、もう五十針はいってるぜ。ま、まだ終わらねえのか」

「あと少しだ。あと二針で終りだ……よし」

縫合を終えた虎庵は傷口を泡盛で洗うと、特製の化膿止めの軟膏をたっぷりと傷口に塗り、その上から油紙を施した。

そしてうつ伏せの女を仰向けにしてから、ゆっくりと上体を抱き起こした。

女の形のよい乳房が揺れるのを目の当たりにした左内は、鼻の穴をおっ広げて息を荒くした。

女の鼻筋はすんなりと通り、広めで丸みを帯びた知的な額、ぽっちゃりと肉付きの良い唇はあくまで紅い。

閉じられた瞼の中は判らぬが、いずれにしても美しい顔だった。

虎庵は生唾を呑んで喉を鳴らす左内に女の両腕を持たせると、女の上半身を幅広の晒しで手早く巻いた。

「これで大丈夫だ。十日もすれば抜糸できるだろう。俺は隣の養生部屋に寝かせてくる。おめえさんは奥で待っててくれ」

虎庵は傷口に触れないように軽々と女を担ぐと、音も無く隣の養生部屋へと消えた。

2

養生部屋から戻った虎庵が居間の木戸を開けると、縁側で胡坐を組んだ左内は、愛一郎が用意した蛸の干物を肴に、湯飲みで酒を呷っていた。

「おう、さっそく蛸の共食いか」

「先生は、相変わらず口が悪いなあ」

左内は振り返りもせず、もうひとつの湯飲みに一升徳利の酒を注いだ。

「表の連中は、あのままでいいのかい」

虎庵は左内の隣に座った。

「いやいや、奴らは駕籠ごと奉行所に帰らせたから気にしねえでくれ」

左内はそういうと、酒を注いだ湯飲みを差し出した。

「ほう、奉行所の与力ってのは、馬鹿でスケベエでも偉そうなもんなんだな」

虎庵も素直に受け取った。

「そんなことより、あの女を連れてきた理由を聞かねえのか？」

「聞かせて貰おうじゃねえか」

「実はな、今日の昼過ぎ、あの女が乗った小舟が佃嶋に流れ着いたんだ。見つけた漁師どもが奉行所に運んできたんだが、何を聞いても答えねえし、すぐに気を失っちまうもんだから、傷口が心配でここにつれてきたというわけよ」

左内は蛸の干物を口に放り込んだ。

「お奉行の大岡《おおおか》様の命令という言葉が抜けているんじゃねえのか。そうでもなけりゃ、あんな大袈裟な駕籠を使えるはずがねえだろう」

「さすが虎庵先生だ。きっちりお見通しだねえ」

「見たところ、日本人じゃなさそうだが、あの女、何者だ」

虎庵は左内にカマをかけた。

「そんなこと、わかるわけねえじゃねえか」

「そうだろうな。いっとくがあの女、日本人じゃねえぜ」

「はあ？　日本人じゃねえって、なにを証拠にいいやがる」

「養生部屋で、女がうなされながら喋った言葉が、香港の言葉だった」

「ホンコン？」

「清国の香港だよ」

「シンコク？」

「ああそうだ、ようするに唐人だ。この国も江戸と上方じゃ言葉が大分違うが、清国は遥かに広いし民族も多様だ。上海あたりと西の香港じゃまるで言葉も違うんだ。大方、大岡様はそのあたりを承知の上で、俺のところに寄こしたんだろうよ」

虎庵も皿の干し蛸を摘み、口の中に放り込んだ。

「なるほどなあ。俺はあの女の背中の龍の彫物が、江戸じゃあ見たこともねえ柄だから、おかしいとは思っていたんだが。そうかい、唐人だったのかい」

「それから、これは俺の推測だが、あの女は男たちの慰み者だったはずだ。尻の穴にかなりの裂傷があったからな」

「おいおい、あの可愛い女の尻の穴でおしげりって、陰間じゃあるめえし、嫌な趣味を持った野郎だな」

左内は口をへの字に曲げ、苦々しそうに酒を呷った。

「問題はそんなことじゃねえ。あの唐人女は、どこかから逃げてきたに違いねえ」

「なぜだ」

「背中の傷はその時に受けたものなんだろうが、よほど切れねえ刃物で斬られたとみえて、傷口はジャギジャギだった。あれは手入れの悪い青龍刀の傷だ」

「青龍刀？」

「ああ、清国の刀だよ」

「じゃあ、あの女は清国からきた唐船に乗っていたのか？」

「お前さんは本当の馬鹿か。唐船がどうやって江戸湊にくるっていうんだよ」

　虎庵は銀製の短い煙管を咥え、呆れたように上下させた。

「馬鹿はお前だ。唐船にかかわらず、江戸湊には様々な外つ国《とくに》の船が、夜な夜な姿を現わしちゃ抜け荷を降ろしているんだ。お前さんだって見せ物小屋で、真っ黒い肌や紅毛碧眼の女を見たことがあるだろう。ありゃあな、この国にきたはいいが、嵐にあったり岩礁で難破しちまった外国船の女たちなんだよ。先生はあの入墨女が、どこかの藩邸にいたとでもいいてえのか？」

「南町の与力が滅多なことを口にするもんじゃねえぜ。唐人女となりゃ、この江戸でもかなりの珍だぜ。もし海禁中のこの国で、大名が唐人を匿ったりしてみろ。藩は御取り潰しの上に御家断絶は確実だぜ」

「そういうこった。だがお前さんがいうとおり、あの女が唐人だとしたら、ちょいとばかりまずいことになるな」

「どういう意味だ」

「いや、あの女が唐人ならこの一件は目付けの仕事で、大岡様や俺たち町奉行所の出る幕じゃねえってことよ」

左内はゴクゴクと喉を鳴らしながら、茶碗の酒を一気に飲んだ。

「お前さんは知らねえだろうが、あの女自身が抜け荷ということもあるんだぜ」

「女が抜け荷って、どういう意味だ?」

「人買いだよ」

虎庵は十年ほど前、隠密生活を送っていた上海の宝山港で見た、ある光景を思い出していた。

宝山の港では、時折、小さな木靴を履いた纏足《てんそく》といわれる若い唐人女の集団が、次々とオランダ船に積み込まれていった。

幼い頃から木靴で足の成長を止められた少女たちは、逃げる事ができない。

船に積み込まれた纏足の少女たちは、ヨーロッパの金持たちの慰み者として買われた性奴隷たちだった。

その光景を見たとき、虎庵はオランダ、エゲレス、イスパニアといった西洋の列強が、盛んにアジアを目指す本当の目的が見えた気がした。

口では国家間の交流だの貿易だのとはいってはいるが、奴らの本当の目的は東洋諸国の植民地化と財産収奪以外の何物でもない。

オランダにしろエゲレスにしろ、東インド会社を名乗って商人のような顔をしているが、船の乗組員達は立派な軍人だ。

上海、香港、ツーラン、ブルネイ、マニラ、マカオと、虎庵が巡ったアジア各国の港に次々と作られた商館は、すべてアジア侵略を目論む西欧列強の軍事拠点だった。

虎庵がそんな昔の記憶を紐解き、左内に説明しながら口にした酒は、やけに苦く思えた。

「ふーん、上海ではそんなことまで行なわれていたのか。しかし先生、幕府の海禁政策をどう思うんだ。俺は賛成だがよ」

左内は単刀直入に訊いた。

「俺たち町人が、幕府の政の是非をいってもはじまらねえだろ。海禁といったって、現実に幕府は清国、朝鮮、琉球、蝦夷、オランダと交易をしているんだからな」

「大坂の堺、薩摩、長州、それから出雲に越前あたりの大名どもが、出入りの豪商を通じて抜け荷商売をしているのは、幕府も承知のことだからな」

「確かに外国には珍しい物、美しいもの、便利な物、そして強力な武器が溢れているんだ。だがよ、そういうものを高え金を払って買っているだけでは意味がねえ。外国の技術を学び、盗み、より品質や性能の良い製品を安く作り、外国に売らなけりゃ、いずれこの国の金銀は無くなっちまう」

「だが先生の蘭方医学ばかりは、そうもいかねえだろ」

「治療をするだけなら、オランダ人を雇えばいい。幕府が優秀な蘭方医を海外に派遣して西欧の最新医学を学ばせ、そいつらに日本人の蘭方医師を育てさせなければ意味がねえんだ」

「それはいい考えだな」

「このままじゃ、この国はいつまでたっても奪われ続け、そしていつか国ごと乗っ取られちまうんだよ」

虎庵は左内に徳利を差し出した。

「これは仮の話だが、この国とオランダが戦になったら、どっちが勝つと思う?」

「西欧の巨大な軍船でも、一隻に乗れるのはいいとこ三百人。百隻だって三万人がいいところだ。それくれえで江戸を襲撃したところで、幕府が死ぬ気で戦えば、鉄砲や大筒の軍備からみても、赤子の手をひねるようなものだぜ」

「同時に大坂や長崎を攻撃されたらどうだ」

左内は真面目な顔でそういうと、空の茶碗を差し出した。

「それはまずいな」

「なぜだ」

「西国や九州の大名の中には、未だに徳川の世をよしとしねえ奴らもいるからな」

虎庵は意味深な笑みを浮かべて、左内の茶碗に酒を注いだ。

その笑みが気に入らなかったのか、左内の顔がみるみる紅潮した。

「何をいってやがる。一朝、事あれば、全国の諸藩が兵を挙げる。神風が吹いた元寇《げんこう》を思い出してみろ、武士は幕府のもと一丸となって元と戦ったではないか」

左内は口を真一文字にし、虎庵を睨みつけた。

「ほう、一朝、事あればとはよくいうぜ、左内の旦那はオランダと戦になった時、薩摩島津公の命令で死ねるかね」

「馬鹿はお前だ。上様のために命を投げうちもするが、なんで島津公の命令で俺が死なねばならんのだ」

「それだよ。武士ってのは、みんなお前さんと同じことを考えているんだよ。主君の命令なら死ねるが、なんで幕府の命令で死なねばならんってな。それが武士の正体なんだ。だから江戸でオランダと戦が起きても徳川軍は負けねえ。だが同時多発で各地を襲われたら、この国は確実に負ける」

「先生、ちょっと言葉が過ぎるぜっ！」

左内は武士を馬鹿にする虎庵に、声を荒らげた。

「じゃあ聞くが、お前ら馬鹿な武士にとって戦とはなんだ」

「武功を挙げて出世する機会よ」

「そうだ、元寇の時も、その欲得で戦ったんだ。だが外国との戦いは、侵略する方は勝てば得る物があるが、侵略される側は莫大な戦費を使うだけで、得る物はない。つまり武功を挙げた武士に分け与える恩賞など、どこにもねえんだ。命がけで戦って武功を挙げたところでなんの恩賞ももらえない戦に、武士が本当に命を賭けるかね」

「そ、それは……」

「一所懸命という言葉があるが、これはまさに自分の土地、所領に命をかける武士の生き方のことなんだ。所領にしか命をかけられない武士が、義や国家や民のために死ねるわけがねえんだよ」

虎庵は武士というものの本質を見抜いていた。

そしてほんの一年前まで、自分も武士として生きてきた身だからこそ、虚勢を張る左内が情けなかった。

「先生がなんといおうと、戦になれば立ち上がる。それが武士だ」

それでも左内は一歩も引かなかった。

「まだいうか。お前さんは知らねえだろうが、ヨーロッパ列強の軍隊の兵には、農民や商人、職人もいれば学者もいるんだぜ」

「ならば武士の圧勝はみえてるな」

「そうかな。そういう連中が戦闘訓練を受け、惚れた女や家族を守るために、死にものぐるいで向かってくるんだぜ。奴らが使命で戦うとしたら、欲得が目的の武士が戦うのは生業《なりわい》にすぎぬ。そんな奴らに勝てると思ってるのか」

虎庵がそこまで話したとき、突然、左内が立ち上がった。

「不愉快だ。俺は帰る」

左内はそういうと裸足のまま縁側から飛び降り、闇の中に姿を消した。

肩を怒らせた左内の右袖が、何度も顔にかかった。

悔しさのあまり、溢れ出た涙を拭っていたのであろう。

虎庵は酒の席とはいえ年甲斐もなく、感情のおもむくままに声を荒らげてしまったことを後悔した。

3

翌日は朝から雨だった。

「先生、あたしゃ昨日、浅草寺の境内でさ、上方歌舞伎の一座を見てきたんだよ」

診察を終えた提灯店のやり手婆のおたねがいった。

「上方の歌舞伎って、偉慧栖座《いえすざ》のことかい」

「あーら、さすがに先生、耳が早いね。それがさ、偉慧栖座の役者ったら虎庵先生も裸足で逃げ出す色男揃いで、この界隈じゃその話題で持ちきりなんだよ。けどさ、ありゃなんていうのかね、揃いも揃って鼻筋は通り、きりっと結んだ唇は薄く、大きな眼の瞳は青いんだよ。こう、こうもう……」

「紅毛碧眼かい」

「それそれ。髪はあたしらのように鴉の濡れ羽色なんだけどさ、背もやたらと高いし、なにかが違うんだよね」

「そいつあな、長崎のオランダ人と廓の遊女との間にできた子でな、男も女も、なんとも神秘的な魅力があるらしいな。確か長崎の出島近くに、そういう異人の落とし種を集めて作った一座があるとは聞いていたんだが、偉慧栖座ってえのはその一座のことじゃねえのかな」

「そうだったのかい。先生はなんでもよく知ってるねえ」

感心して何度も頷くおたねのしなびた乳房が、ゆらゆらと揺れた。

「まあ、いいから早く着物の袖に腕を通しな。いつまでもそんな格好をしていると、風邪をひくぜ」

「いいのさ、風邪をひけば、また先生に診てもらえるだろ」

おたねは前歯の抜けた、不気味な笑みをみせた。

「それはともかく、どんな出し物だったんだい」

虎庵はあわてて長煙管を咥えた。

「あははは、あたしゃ役者に見とれて、芝居なんか見ちゃいないよ。先生も意地悪だね、婆あに恥かかせないでおくれよ。それじゃ、お世話様でした」

おたねはそういって大笑いすると、そそくさと着物を整えて診療室を後にした。

「偉慧栖座か、愛一郎、お前、なんか知っているか」

虎庵は診療室の隅で、治療器具を煮沸消毒している愛一郎の背中に声を掛けた。

「私はまだ観てないんですが、佐助《さすけ》さんがそのことで、朝から奥で待ってますよ」

愛一郎はそういって首をかしげた。

縞の着物に小田原屋《おだわらや》の印半纏が似合う佐助は、吉原の惣籬《そうまがき》小田原屋の番頭頭で、虎庵が風魔の統領として最も信頼を置く、風魔の風魔の幹部だ。

身の丈五尺七寸あまりで虎庵に比べると二回りほど小柄だが、身のこなしに隙はない。

今年で二十六歳になったが、落ち着いた物腰と滅多なことでは動じぬ胆力が気に入り、虎庵は佐助を警護頭として屋敷に常駐させ、自分の身の回りの世話を命じていた。

「先生、診療はもう……」

「おう、あとは愛一郎で十分だ。なんか面白れえ話があるんだってな」

虎庵は佐助が座っている椅子の向かいにある長椅子に座った。

「はい。昨夜、偉慧栖座とかいう上方歌舞伎一座の役者が四人、連れだって小田原屋に来たんです。この役者どもが揃いも揃って六尺越えの大男なんですが、透き通るような白い肌に、異人のような顔をしやがるくせに『そないことゆうたら、あきまへんで』なんて上方言葉で、べらべら喋りやがるんです。あっしは、どうもあの上方言葉が苦手でして……」

佐助は何度も首を傾げながら話した。

「噂じゃ、なにやら色男揃いの一座でえれえ人気らしいな。うちの患者の婆あまで、奴らの噂でもちきりよ」

「そうなんですよ。しかも揚屋の座敷で、ひとり百両ずつ小判をばら撒きやがったから大騒ぎ。おかげでうちの太夫たちまで、ゆんべからポーっとしっぱなし。見世中がなんとも間の抜けた雰囲気になっちまったんですよ」

「結構なことじゃねえか。だが佐助、小田原屋が一見の客を入れたというのは、どういうわけなんでい。誰かの紹介でもあったのか」

「へい。それが上様と、南町のお奉行がお忍びで……」

「う、上様と大岡越前だとぉ？」
虎庵は危うく椅子から転げ落ちそうになった。
八代将軍となった徳川吉宗は勤倹節約の人で有名だが、若い頃から吉原に通ってい
た無類の女好きだったことは、紀州藩士にとっては絶対に口外できない秘密だった。
ましてやその吉宗が将軍になったいまも、吉原に顔を出していようとは、虎庵は夢
にも思わなかった。
「へい、上様は紀州藩主の頃も、よくお見えになってたんです。ただお奉行様は初め
てのお越しでした」
「大岡なんざどうでもいいが、将軍様は奢侈禁止だ、倹約令だとかめんどう臭えこと
をいってやがるのに、手前は役者と吉原遊びだと。佐助、それはねえんじゃねえか」
「ねえかって、私にいわれても……」
「それに吉宗様はだな、歌舞伎が大嫌いなはずだぜ」
「歌舞伎嫌いって、とんでもねえ。長老たちの話では、昔からよく役者を連れておみ
えになっていたようです」
「なにぃ……」
頭から湯気を噴き出さんばかりに、虎庵はいきり立った。
三十二年前、風魔の嫡男として生まれた虎庵は、幕府乗っ取りを企んだ柳沢吉保に

より、生まれて直ぐに誘拐されたのちに紀州藩に預けられ、三十二年間、紀州藩士として生きてきた。

八代将軍となった吉宗にしても、幼い頃はともに紀州藩内の道場において、小野派一刀流兵法の修練を受けた間柄でもあった。

それだけに吉宗が女好きということは知っていたが、吉宗が虎庵には決して見せる事の無かった裏の顔を知ることは、嬉しくもあり忌々しくもあった。

佐助にしてみれば、仕事の愚痴のつもりで始めた偉慧栖座の話だった。

だが何が気に入らないのか、虎庵は上様というひと言を聞いたとたんに顔色が変わってしまった。

とんだ藪蛇とは、まさにこのことだった。

「先生、そういえば昨日、刀傷を負った唐人女が運び込まれたそうじゃねえですか。いまどき、江戸をうろついている唐人なんていたんですねえ」

佐助は話題を変え、虎庵の顔色を窺った。

「お前さんは、江戸には唐人がいねえような口振りだが、実際のところはどうなんでい。江戸に住む異人について、風魔は何か掴んでいるのかい」

「そうですね。吉原には上様との謁見のために江戸入府したオランダ商館の野郎どもが顔を見せますが、年に何度もあることじゃありやせん。昔は吉原にも、黒い肌や白い肌の女がいましたが、今じゃひとりもおりやせんし、十年ほど前に耶楚教を広めにきたバテレンが、王子辺りに住んでるってんで見に行きましたが、今はどうなっちまったんだか……」

　佐助は首を傾げては腕を組みなおした。

「バテレンはともかく、唐人の女は日本人と見た目も変わらねえし、上方には未だに多くの唐人が住み着いていて、堂々と店を出してるツワモノもいるって聞くぜ」

「上方のことは知りやせんが、江戸にはそんな店はありやせん。下手に唐人を匿ったりすれば打首獄門、それこそ左内の旦那の世話になっちまいますぜ」

　佐助のいうことはもっともだった。

だが佐助がなんといおうと、奥の部屋には背中を斬られた唐人女が寝ている。

それが現実なのだから、あの女以外にもこの江戸のどこかに、ほかの異国人が存在していても不思議は無かった。

「先生」

　居間の出入り口にある、木戸の向こうから声がした。

「なんだ、愛一郎」

「先生、唐人女が目を覚ましたようですが」

「わかった。今行く。佐助、お前もこい」

「はい」

虎庵に促された佐助はあとに続いた。

虎庵が養生部屋の木戸を開くと、布団にうつ伏せになっていた唐人女が弾かれたように起き上がり、布団の上で胡座をかいた。

俯いた女は背中の傷の痛みに顔を歪め、それ以上動こうとはしなかった。

男の前で若い女が胡座をかくなど、かなりはすっぱな女でもしないことだ。

そんな女の様を目の当たりにした佐助は、女が唐人であることを確信した。

『大丈夫か、私は医者だ。背中の傷の状態を見るからおとなしくしてくれ』

虎庵の口から発せられた思いがけない広東語に、女は怯えつつ小さく頷いた。

聞いたことも無い異国の言葉を流暢に話す虎庵に、佐助と愛一郎は唖然とした。

女に巻いた晒しの背中で、わずかだが血が滲んでいる。

虎庵は両腕で胸を隠すように覆っている女に気を遣ったのか、背中から両脇あたりに二カ所、晒しに鋏を入れた。

虎庵は傷口を覆う晒しをゆっくりとはずし、その下の油紙も丁寧にはずした。

『縫合した部分の出血は止まっているし、化膿もしていない。このまま順調なら、五日もすれば抜糸できそうだ』

虎庵の説明に、女は黙って頷いた。

『お前の名前は、なんというのだ』

『雅雅《ヤーヤー》です……』

女は蚊の啼くようなか細い声で答えた。

『そうか、私は虎庵《フーアン》だ』

女は『フーアン』と小さく繰り返した。

「おい、愛一郎。新しい晒しと油紙、それと新しい浴衣を用意してやってくれ」

聞きなれぬ異国の言葉の会話。

抜ける様に白い女の背中に描かれた見事な昇り龍。

無残に龍を切り裂かれた刀傷を虎庵が見事に縫合した傷口。

だが愛一郎が眼を奪われていたのはそのどれでもなく、はじめてまともにみることができた雅雅の美しい顔だった。

「愛一郎、聞こえなかったか」

「は、はい。ただいま」

愛一郎は膝の上に綺麗に折りたたんで用意していた、晒し、油紙、浴衣を慌てて虎庵に差し出した。

虎庵は雅雅の背中の傷口に軟膏を塗り、油紙で覆うと丁寧に晒しを巻きつけた。

『日に日に楽になるであろうが、今はまだ無理をしてはならぬ。ゆっくりと養生するのだ』
虎庵はそういって立ち上がると、美しい雅雅に見とれる佐助、愛一郎の襟首を掴み養生部屋を出た。

4

それから三日間、長雨が続き、フンドシにまでカビの生えそうなジメジメとした空気が、江戸中を包んでいた。

しかし四日目の明け方、空は晴れ渡っていた。

目覚めた虎庵が縁側に出ると、乳白色の濃い靄が庭一面に立ち込めていた。

虎庵がその靄を観察すると、濃い靄は庭の西側に隣接する徳大寺の森から、土塀を乗り越えて良仁堂の中庭に流れ込んできていた。

『虎庵先生、お早うございます』

虎庵が振り返ると、浴衣姿の雅雅が立っていた。

『雅雅か、もう立ち上がったりして、大丈夫なのか』

『あれから五日が過ぎました。もう大丈夫です』

雅雅はそういって虎庵の隣に座った。

良仁堂に運ばれてきて以来、ほとんど食べ物を口にしない雅雅の頬は、肉が削げ落ちどこか妖艶さを増している。

『そうか、それは良かったな。だが飯は食わなければだめだぞ』

虎庵がそういうと、雅雅の腹が小さく鳴った。

雅雅は恥ずかしそうに腹を押さえ、小首を傾げた。

そんな雅雅の姿を見て、虎庵は余計なことをいってしまったと後悔した。

雅雅がこの診療所に運ばれてきた時、虎庵は彼女の肛門の裂傷を確認していた。

一応、薬は塗っておいたが、あの傷が癒えぬままに厠など使えば、傷は化膿して酷くなるばかりだ。

男の前で腹が鳴るほどの空腹にもかかわらず、愛一郎が用意した食事に一切手をつけなかったのは、雅雅の女心であり本能だった。

『先生、ここは何処ですか。山の上ですか』

庭を埋め尽くす靄を雲海と勘違いしたのか、雅雅は頓珍漢なことを言い出した。

『ここは江戸。日本の江戸だ』

虎庵は雅雅の様子を窺った。

『日本……江戸……、私、先生のいっている意味がわからない。だって、私は香港の娼館にいたの。でもエゲレスの軍人に買われて、シーウルフっていう軍船に乗せられて、船員の相手をさせられたのよ』

『エゲレスの船？』

『うん。私、あの娼館を出られるなら、どこでも良かったの。エゲレスなんて行ったことも無いけど、どこにいったって香港よりはましだと思った。でも実際は、私は荒くれ者の軍人たちの欲求不満を解消させるための慰み者だった』

『それは大変だったな』

『毎日、何人も何人も相手をさせられ、随分、酷いことをされたわ。そんなある日、高山国（台湾）の高尾に着いたの。港には二隻のエゲレスの軍船が待っていて、その軍船とともに琉球に向かったの』

　雅雅は雲海のような靄をみつめながら、淡々と話した。

『その途中で嵐にあったのか』

『はい。物凄い嵐が二昼夜続いたわ。そして嵐が過ぎ去った朝、私の乗った船はとても大きくて神々しい、みたことのない美しい山の見える海に着いたの』

『たぶんその山は富士山だ。ということは駿河《するが》あたりに流れ着いたということだな』

　虎庵の説明に、雅雅は首を横に振った。

『私には山の名前も、そこがどこだったのかもわからない。私が乗っていた船は嵐で帆柱が折れてしまい、それから四日ほど漂流していたわ。四日目の夜、私は甲板で涼んでいると、嵐で流された小舟を見つけたの。私はその小舟で逃げようと思って船縁に立ち、海に飛び込もうとしたときに背中をサーベルで斬られたの。あとは気絶してしまって何も覚えていない。気が付いたらサムライに囲まれていて、もう一度気が付いた時にはあの部屋に寝かされていたの』

雅雅はそこまで一気に話し、深いため息をついた。

『そうか、大変だったな。ここは江戸の下谷という場所にある病院だ。どれ、傷を見せてみろ』

『はい』

雅雅は返事をすると浴衣を脱ぎ、みずから晒しを取って居間の長椅子にうつ伏せになった。

傷は浅手だったせいもあるがほとんど治癒していて、切り裂かれた刺青の昇り龍の図柄も、ほとんどずれ無く縫合できている。

『あと三日もすれば抜糸できそうだ。傷が残らないというわけには行かねえがな』

虎庵はついでにさりげなく、尖ったふたつの尻を押さえて肛門を確認した。

こちらの傷も出血は止まり、裂傷もほとんど治っていた。

『よし、これなら大丈夫だ。痛みはないか？』

虎庵はてのひらで背中の傷口をゆっくりと撫でた。

雅雅の肌は瑞々しく張りがあるが、やけに冷たいのが気になった。

『はい。少し痛いだけ』

そういって首だけ振り返った雅雅の横顔が微笑んだ。

知的な額から美しく伸びる鼻筋、ふくよかな唇は紅を塗っていなくても十分赤い。

尖った顎から細く長い首筋、あらためて見る雅雅は中々の美人だった。

『そうか、それから尻の傷も治ってるから、もう飯を食べても大丈夫だ』

恥ずかしげに頷く雅雅を見て虎庵は迷った。

雅雅が運び込まれて五日がたっていたが、南町奉行所与力の木村左内は、あれから一度も顔を出さない。

奴のことだ、あの時の口論を根に持っているに違いないが、雅雅を連れて来たのは奉行の命令のはずだ。

今日あたり、様子を見に来て、傷の具合によっては奉行所に連れ戻すに違いない。

虎庵は雅雅が逃げ出したことにして、吉原に匿うか否かを迷っていた。

立ち上がった雅雅は浴衣を羽織った。

と、その時。庭の靄が漣《さざなみ》をうった。

正面にある徳大寺の森との境界になっている土塀の木戸がゆっくりと開いた。

嫌な予感に虎庵の両腕が粟立った。

あの扉が開くとき決まってある侍が現れ、ろくでもないことが起きたのだ。

小脇に編み笠を抱えた着流しの侍が姿を現した。

「ほほう、傷は大分癒えたようだのう」

案の定、声の主は南町奉行大岡越前守だった。

大岡はゆっくりと虎庵のいる縁側に歩み寄ってくるが、見事な裾捌きのせいか、靄はほとんど乱れを見せない。

「これはこれは、朝っぱらから珍しいお方のお出ましだ」

虎庵の声に、雅雅はようやく庭先の異変に気付いて後ずさった。

虎庵は雅雅の肩を抱き、居間の長椅子に腰掛けるよう促し、自分も隣に腰掛けた。

「では、失礼するぞ」

大岡はそういうと腰の大小を帯から抜き、縁側に上がった。

そのままゆっくりと虎庵の向かいの長椅子に腰掛けると、雅雅の顔をまじまじと見つめた。

「いま、悩んでたとこですよ。この娘を吉原で匿うかどうかを」

「ほう、吉原で匿ってもらえるならば、奉行所より安心だな」

大岡はそういうと右手で顎を撫でた。

大岡が剃り残しの髭を探すのは困った時の癖だ。

さらに剃り残しの髭を指で摘んで抜き始めれば、かなりの難題を抱えていることになる。

「ま、冗談はともかく、この娘の傷はあと三日もすれば抜糸できますぜ。お奉行所に連れて行くのは、それからでもいいんじゃねえですか」

虎庵は長煙管を咥えた。

「じつは、ものは相談なのだが、この者をしばらく吉原で預かっては貰えぬか。奉行所に連れてこられても、正直なところ困りものなのだ」

大岡は右顎に見つけた、剃り残しの髭を勢いよく引き抜いた。

しかし強情な髭はおいそれと抜けず、大岡は大袈裟に顔を歪めた。

どうやら、大岡の言葉に嘘は無いらしい。

「大岡様、この娘は香港の郭で、エゲレスの軍人に買われた遊女です。乗せられた軍船が琉球に向かう途中で嵐に遭遇した。軍船の帆柱が折れ、四日ほど漂流している間に小舟を見つけて海に飛び込み、逃げ出したそうですぜ」

「唐人だったのか。しかも遭難者とあれば長崎に送り、清国の唐船に乗せるのが筋であろうが、その者もいまさら国に帰りたくないのではないか。聞いてみてくれぬか」

大岡は顔を歪めたまま、髭を摘む指先に力を込めた。

そして一気に髭をひっぱったが、それでも髭は抜けない。

「わかりやした。ちょっと待っておくんなさい」

虎庵はそういうと、雅雅に事の次第を告げた。

『私、香港には帰りたくない。ここにいたい』

雅雅の答えは単純明快だった。

すでにエゲレス人に買われたのだから、香港の娼館からは自由の身だが、香港に戻れば、いずれどこかで買主のエゲレス軍人と顔を会わせるかもしれない。

そうなれば、軍艦に連れ戻され、再び地獄の日々に逆戻りすることは目に見えているのだから、雅雅にしてみれば当然の判断だった。

「大岡様、香港には帰りたくないそうです」

虎庵も単刀直入に伝えた。

「そうであろうな。だがこのまま江戸にいたいとなれば、ここはひとまず風魔の統領に預けてほとぼりを冷まし、自然の成り行きに任せるということにはならんか」

大岡は人懐っこい笑顔を見せた。

「わかりやした。それじゃあこの娘、あっしが貰いますぜ。あとで返せとかいうのは無しですぜ」

「うん、それでいい、引き受けてくれるか」

大岡は満面の笑みを浮かべて髭を引き抜いた。

さすがに三度目の正直、髭も観念したのか今度はあっさりと抜けた。

大岡はその髭を虎庵の煙草盆の灰皿に捨てた。

「ところで先生は、目安箱のことをご存知か」

「毎月二日、十一日、二十一日の三日間、お城の竜之口にある評定所に置かれることになった箱のことでしょう。なんでも上様への直訴状を入れることができるとか」

「実はな、これが第一号の上書でな」

大岡忠相《ただすけ》は表に「上」と大書された上書を虎庵に渡した。

虎庵は黙って上書を広げた。

中には中々の達筆で、

「六月十日、浦賀沖で漁村の漁師が座礁した一隻の異国船を発見、船で様子を見に行ったところ、船内はもぬけの殻だった。漁師が事の次第を浦賀奉行に届けに戻る途中に異国船は沈没し、証拠も無いことから浦賀奉行所では取り合って貰えなかった。しかし、以来、浦賀近隣で盗難、若い女の神隠しが続発している」

と書かれていた。

「裏にかかれた居所はでたらめ、当然、名前も嘘であろう。だが、その女のいっていることが本当だとしたら、この上書に書かれている通り、エゲレスの軍人が浦賀近くに大挙上陸したということだろう」

大岡は雅雅に視線を投げた。

大岡の意を察した虎庵は雅雅に聞いた。

『お前さんが乗っていた船には、何人ぐらいのエゲレス兵が乗っていたんだい』

『兵隊が百人くらい、船員も八十人くらい乗っていたと思う』

「お奉行、軍船には百人ほどの兵隊と、船員が八十人ほど乗っていたようです」

「全部で百八十人だと。半分遭難したとしても九十人、それはまずいな」

大岡は再び右手で顎をさすった。

海禁以来、東海道および東北の太平洋沿岸では、国籍不明の外国船が何隻も座礁、難破していた。

ほとんどが清国やオランダの貿易船で、救助された者は長崎の商館に送還され帰国した。

だが日本と国交のないロシア、ポルトガル、エゲレスなどの密貿易船だった場合には、仮に救助されたとしても、幕府が派遣した隠密によって、闇から闇に葬られるのが常だった。

だがその一方で幕府の目を逃れて逃亡し、街道沿いに出没する野盗や山賊の中に紛れ込み、紅毛碧眼、黒い肌の大男を目撃したという幕府への報告も後を絶たない。

そう考えると、かなりの外国人が遭難後に上陸し、この国に住み着いていても不思議はなかった。

「先生は箱根の山の妖鬼党を知っているかね」

「妖鬼党?」

虎庵が聞きなれぬ言葉に首をかしげたとき、部屋の奥の木戸の向こうで人の気配がした。

「おはようございます」

木戸を開けたのは佐助だった。

「おう、丁度良いところにきた。佐助、妖鬼党ってのを知ってるかい」

「はい。箱根の山中を根城にする野盗で一人頭百両がかかった賞金首です。なんでも、ほとんどが紅毛碧眼と黒い肌の異国人で、農家や商家を襲っては食料や金目の物を盗んで皆殺しにするなど、残忍極まりない連中だそうです」

「その通りじゃ。公儀隠密の調べでは、奴らは一年ほど前に土肥沖で難破したオランダ船の船員たちでのう。上陸後、山賊とかなり激しい戦闘を繰り返したようだが、いまでは山賊どもを手下にしているようなのだ。奴ら妖鬼党が、上陸したエゲレスの兵隊と手を組んだら、まずいことになるな」

「お奉行、それはあり得ませんぜ。オランダとエゲレスが、犬猿の仲というのは世界の常識。どうせなら、奴らが出くわして殺しあってくれれば、手間が省けるってもんです」

虎庵はしたり顔でいった。

「ふうむ、いずれにしてもぼやぼやしてはおれぬ。先生には無理を聞いてもらってかたじけない。その娘のことは、ひとつ借りができたということでよしなに」

そういって大岡は席を立つと、顎をさすりながら縁側に向かった。

そして草履を履くと、来たときが嘘のような乱暴な足取りで木戸に向かった。

庭の靄は濛々と舞い上がり、大岡の全身を隠すように包み込んだ。

『なんだかわからねえが、これでお前さんも自由だ。といっても、江戸じゃあしょうがねえか』

『そんなことない。ありがとう』

雅雅はそういうと笑顔を見せた。

良仁堂に担ぎ込まれて五日がたっていたが、雅雅が屈託の無い笑顔を見せたのは初めてのことだった。

「先生、来るなりいきなり妖鬼党とは、いったい何がどうしたというんです」

佐助は口を尖らせた。

「おう、じつはこの女の乗っていたエゲレス船が、この前の野分で難破したらしいんだ。発見した浦賀の漁師たちによると、船の中はもぬけの殻で、百八十人近いエゲレス兵と船員が相模国に上陸したらしい、という上書が目安箱に投げ込まれたんだ」

「百八十人も、ですか」

「ああ、だが上書に書かれていた住所も名前もでたらめで、お奉行も信じかねている様子だったが、この女がエゲレス船に乗ってきたというもんで、すわ一大事というわけだ」

「よもや足柄の風魔谷が襲われることはないでしょうが、とりあえず知らせておいたほうが良さそうですね」

「そうだな。誰か遣いの者を出してくれ。くれぐれも用心するようにとな」

虎庵の言葉が終わるやいなや、佐助は雅雅をちらりと見て部屋を出た。

5

三日後、雅雅の抜糸を終えた虎庵が居間に戻ると、縁側に南町奉行所与力の木村左内が座っていた。

「これはどちらさんかと思えば、木村の旦那じゃねえですか」

虎庵は手拭を首にかけ、長椅子に座った。

「先生、昨夜、鎌倉の由比ガ浜に二十、滑川の河原に八、身ぐるみはがされた異人の死体が見つかったそうだ」

　左内は虎庵に背を向けたまままいった。

「異人の死体だって？」

「ああ、火責めにあったのか全身焼け爛れた遺体、水責めにあったのか異様に腹が膨れた遺体、どの遺体も凄惨な拷問を加えられたようだ。しかも、止めは鉄砲を使ったようで、全身に数十発の弾丸を食らった蜂の巣状態だった。お奉行の話では大半が紅毛碧眼の白人で、五人ほど縮れ髪で肌の黒い大男が混ざっていたことから、妖鬼党と呼ばれる異人の野盗どもに間違いねえらしい」

「ほう、で、下手人は」

「それがわかりゃ、苦労しねえよ」

　左内は吐き捨てるようにいった。

「三十人近い野盗が、拷問された上に惨殺された。だが左内の旦那、妖鬼党にはひとり頭百両の賞金がかかっているんじゃねえのか」

「詳しいではないか」

「二十八人なら二千八百両だぜ。お宝の死体を代官所に届けず、ただ捨て置いたというのは解せねえな」

「解せねえったって、俺にわかるわけねえだろうが」

左内は苛立たしげに頭を掻いた。

「左内の旦那は、浦賀の難破船の件は聞いているのかね」

虎庵は左内の背中に話しかけた。

「もちろんだ。エゲレス人が百八十人上陸したとか。いま、江戸の御府内は御庭番まで総出で警戒中だ。徒組と鉄砲隊が街道ごとに臨戦態勢を整え、相模国の稲葉様、甲斐の柳沢様が追討隊を出したそうだが、まるで足取りが掴めていねえんだ」

「なら話は早えや。ずばり鎌倉の死体は、難破船のエゲレス兵の仕業だ」

「けっ、お前さんの頭は単純でいいな。それくれえのことは、俺の頭でも考えつくってんだ」

「お前さんは知らねえだろうが、今から百年ほど前のことだ。南のルソン島より、さらに南にあるアンボイナという島で、オランダ軍がエゲレス商館を襲い、エゲレス人を惨殺した事件があった。この事件をきっかけに、エゲレスは東洋の貿易利権から手を引いたんだ」

虎庵はオランダとエゲレスが、犬猿の仲になった理由を説明した。

「そのエゲレスの軍艦が嵐にあって浦賀沖で難破し、鎌倉に移動していた妖鬼党と遭遇し、戦闘になったというわけか」

「噂では妖鬼党も鉄砲や爆薬など、オランダ最新鋭の武力を持っていたそうだ。だが奴らはもともと商人で、訓練されたエゲレス軍の相手じゃねえ」

「エゲレス軍はアンボイナの仇を鎌倉で討ったというわけだ。だがエゲレス軍ってのは、そんなに強えのか」

「強えよ。小隊が集まり中隊、中隊が集まり大隊。それが命令一下、機械のように精確に行動して作戦を遂行する。俺は一度だけ、カルカッタという町で奴らの行進を見たことがある。太鼓と袋に笛がいくつも付いた、妙な楽器を吹き鳴らしながら行進をするんだが、一糸乱れぬあの姿は大変な訓練のたまものだと思うぜ」

「だがさっき、お前さんの説明によれば、エゲレスは東洋の貿易利権から手を引いたんじゃねえのか。そんな野郎たちが、なんだってこの国に現れたんだよう」

左内は口を尖らせて虎庵を睨んだ。

虎庵が口にする話のいちいちが、左内にとってはまるで現実味を感じられない話だが、一番単純な疑問に答えがなかった。

「俺にも奴らの目的はわからねえ。だが奴らは百人を越える大所帯、西も東もわからぬ異国の地で、分散行動するとは考えにくい。しかも紅毛碧眼となりゃ、真昼間に東海道や鎌倉街道も使えねえ。となれば今頃は夜陰にまぎれ、鎌倉から丹沢の山中あたりに潜んでるんじゃねえかな」

「奴らは江戸を目指して北上しているのか」

「それはわからねえ。ただ軍隊にとって軍船の遭難は想定内だから、その際の対処も決まっているはずだろ」

「先生、浦賀界隈の山中に潜み、僚船の迎えを待っているってのはどうだ。幕府だって、その方がありがてえぜ」

「そうだな、遭難者がひとりふたりなら闇から闇へ葬り去ることも可能だ。だが百八十人となると滅多なことはできねえ。下手に戦闘なぞしようものなら、幕府も相当の犠牲者を覚悟しなきゃならねえからな。できれば騒ぎ立てせずに迎えの船に乗せて、上海や香港に帰ってほしいというのが本音じゃねえかな」

初夏の昼下がり、話しているだけでも汗が吹き出てくる。

虎庵は首にかけた手拭で額の汗を拭った。

「先生がいうことももっともだが、俺がわからねえのはエゲレス軍がさっさと浦賀奉行所に来ねえ理由だ。百八十人で行進してくりゃ、奉行所だって手は出せねえ。それがどうして山中に身を潜めるような、危険を犯さにゃならねえんだ」

縁側で背を向けていた左内はいつのまにか部屋に入り、虎庵の向かいの長椅子に座っていた。

「エゲレス兵が浦賀奉行所の存在を知っているとは思えねえし、相模の山中の恐ろしさを知っているとも思えねえがな」

左内と虎庵は数日前、日本が外国と戦闘状態になったときの幕府軍の在り方をめぐって口論となった。

幕府の役人である左内にとって、武士は戦国の世を勝ち抜いた戦闘集団だ。百年に及ぶ太平の世を経たとはいえ、いざとなれば東洋最強の軍隊として機能すると信じたかった。

だが現実に、エゲレスの軍隊が浦賀に上陸して潜伏していることが確実となったいま、左内の武士に対する思いや自信が確実に揺らぎ始めていた。

江戸城内の幕閣たちは、戦国の世なら武功を立てんと我先に出陣を争ったはずだ。だが現実にエゲレス軍が上陸したというのに幕閣は何も決められず、ただあたふたと慌てふためくばかり。

左内とてそんな幕府のために、自らの命を賭して矢面に立とうという気にはなれなかった。

押し黙る虎庵と左内の沈黙を破ったのは、助手の愛一郎だった。

「先生、お酒の用意をいたしました」

愛一郎は木戸の外でいうと、ゆっくりと扉を開いた。

一升徳利と盆には蕎麦猪口がふたつ。

花札より一回り大きく切った焼き海苔、その脇に色よく焼けた玉子焼きが湯気を立てていた。

長椅子に挟まれるように置かれた長方形の座卓に、盆を置いた愛一郎の右耳がぴくぴくと蠢いた。

突然、庭先に現れた人の気配を察していたのだ。

「先生、蕎麦猪口をもうひとつ用意してまいります」

愛一郎は音も無く立ち上がると、そそくさと部屋を出た。

庭先に姿を現したのは、真壁桔梗之介《まかべききょうのすけ》だった。

桔梗之介は紀州藩附家老の六男で、吉宗の密命で二十七年間に渡り、虎庵の警護役を務めてきた。

だが昨年、虎庵が帰国して風魔の十代目を襲名したのをきっかけに、桔梗之介は武士を捨て出家した。

もっとも出家は藩を辞める口実に過ぎず、本当は町人の妻を娶り、下谷長者町で小野派一刀流の町道場を開くためだった。

「ふたりとも、深刻な顔をしていかがなされた」

桔梗之介は大刀を置き、縁側に腰掛けた。

「和尚、久しぶりじゃねえか。まだ道場は開けねえのか」

「黙れ、無頼与力が」

桔梗之介は縁側に上がると虎庵の隣に座り、向かいに座った左内を睨んだ。

「桔梗之介、いいとこにきてくれたな。実は……」

虎庵は雅雅が運び込まれたことに始まる、この八日あまりの出来事の全てを桔梗之介に説明した。

「エゲレスの軍人が百人ですか。しかも最新型の鉄砲を装備した鉄砲隊もいるとなると、発見したとしても下手に手を出せませぬな。それに蘭学一辺倒のこの国に、エゲレス語が判る者などおるのでしょうか。言葉が通じなくては交渉もできませぬ」

桔梗之介は、つるつるに剃り上げた頭を両手で抱えた。

「和尚、それは大丈夫だ。エゲレスの言葉を喋れる山田駒之助《やまだこまのすけ》とかいう商人が、たまたま江戸におってな。じつはすでに御奉行が、こいつに通訳を頼んだんだ」

左内はわけ知り顔でいうと、蕎麦猪口の酒を飲み干した。

「山田駒之助だと？　そいつはもしや、土佐藩の郷士の出ではないか？」

虎庵と桔梗之介は声を合わせ、思わず顔を見合わせた。

「なんだ、ふたりとも知ってるのか」

「ああ、知ってるもなにも、俺たちがルソンのマニラにいたときに知り合い、仲良くなった男だ」

「ほう、それは奇遇だな。なんでも幕府御用達の薬種問屋富山屋を通じ、幕府にヨーロッパとアジアの薬草の種、香水、それからなんていったかな、エゲレスのありゃま、あれま……」

「アロマセラピーか」

虎庵は呆れ気味にいった。

「おう、それそれ、そのアレマなんとかの秘術も売り込みに来たそうだ。上様は薬草には目が無えからな、直ぐに商談は纏まったんだが、野郎の外国の話が面白いとかで、上様がやけに気に入られてるそうだ」

「上様みずから抜け荷の密貿易とは、恐れ入ったぜ」

桔梗之介は呆れた。

「先生、山田駒之助の本業は、いま浅草で小屋がけしてる偉慧栖座って上方歌舞伎の座長でな、浅草寺脇の安行寺の宿坊にいるぜ」

「山田駒之助が偉慧栖座の座長だと？　ならば与力の旦那に聞きてえことがあるんだが、偉慧栖座ってえのはなんなんでえ」

座卓の上に置いてあった煙草盆を引き寄せ、虎庵は引き出しから小型の銀煙管を取り出した。

「偉慧栖座ってえのは、山田駒之助の兄の長一郎《ちょういちろう》という男が作った一座だ。なんでも長崎の遊女が生み落とした異人との混血児を集め、芝居と軽業を教え込んで一座を組んだそうだ。半年ほど前に長一郎が病で死に、今では弟の駒之助が兄の遺志を継いで面倒を見ているそうだ。一年中、旅から旅への一座でな、江戸にはふた月ほど前に駿府から来たんだが、中々の人気だぜ」

左内はしたり顔で三回頷いた。

「ほう、泣かせる話じゃねえか。で、左内の旦那は観たのかい、一座の芝居を」

「芝居より軽業が凄かったな。女の頭の上にリンゴを載せてな、そいつを小柄で射抜くんだが、あの手裏剣技は並みの腕じゃねえぜ。しかも頭にリンゴを載せた女がとんでもねえ美人でな、鼻は高えし瞳が青いんだ。背筋がぞくぞくするような色気ってえのは、ああいうことをいうんだな。アレに比べたら、吉原の並みの遊女なんざ、タヌキみてえなもんだな」

左内は右手の人差し指で、伸びきった鼻の下をさすった。

そんな左内に、桔梗之介が忌々しげに舌打ちをした。

「外つ国の女の事情については、俺と桔梗之介のほうが詳しそうだな」

虎庵がいうと、桔梗之介は誰の話だというような顔つきで視線を庭に移した。

「詳しいって、お前らまさか白人女と、お、おしげりを……」

「当たり前じゃねえか。俺たちは十五年も上海に住んでいたんだ。そちらの和尚は、白いの黒いの黄色いの、身の丈六尺、体重三十貫、牛のような乳をした女だって知ってるぜ。もっともそれほどの剛の者でも、嫁を娶った途端に借りてきた猫みてえに大人しくなっちまった。なあ、桔梗之介っ！」

虎庵は怒鳴るように桔梗之介の名を呼んだ。

桔梗之介は我関せずといわんばかりに背中を向けたままだった。

すると突然、扉が開き、蕎麦猪口を持った愛一郎が顔を見せた。

話を立ち聞きしていたのか、必死で笑いをこらえている。

かつてはいっぱしの傾奇者《かぶきもの》として、江戸市中の廓という廓を巡る遊び人だった愛一郎だけに、牛のような乳をした女という言葉に、反応するなというほうが無理な話だった。

「愛一郎、お前もなんだったら、そこで聞いていけ」

虎庵は冗談半分にいった。

「はい」

部屋の隅に正座した愛一郎は袖口で口を押さえ、小刻みに肩を震わせていた。

妙な雰囲気に憮然とした桔梗之介は、あえて話題を変えた。

「虎庵様、さっきのエゲレス軍ですが、奴らは何か目的があってどこぞの山中に隠れているんですかね」

「そうだそうだ、先生、白人の牛女よりそっちの方が問題だ」

左内も身を乗り出した。

「幕府は西欧諸国の中で、キリスト教を布教しないオランダとばかり貿易をしている。だがいまやエゲレスは、七つの海を制した最強の王政国家だ。ことに奴らはインドとの交易で藍や硝石、紅茶、綿織物製品を買うのに、手持ちの銀をかなり使っちまったそうだ。これは十年ほど前に、プロシアの医師から聞いたのだが、金銀が足りなくなったエゲレスは、オランダが独り占めしている『黄金の国ジパング』を狙っているらしいんだ」

「ジ、ジパングって何でえ」

左内は聞きなれぬ言葉に動揺しながらも、当たり前のように蕎麦猪口に一升徳利の酒を注ぎ始めた。

「ジパングとは日本のことだ。清ではリーベン、朝鮮ではイルボン、エゲレスではジャパンと呼んでいる」

「けっ、ニッポンはニッポンだろうが。なんでそれがリーベンだのイルボンだのになるんでえ」

左内は忌々しげに酒を呷った。

「そんなことはどうでもいいが、戦国の世、諸国の戦国武将は莫大な金銀を使い、膨大な数の鉄砲や大砲を輸入しただろ。ヨーロッパの奴らは、この国にはとんでもねえ量の金銀が溢れていると思ったらしいぜ。ポルトガル、オランダ、スペイン、エゲレス、みんなこの国の金銀を狙っているのよ」

虎庵も酒を呷った。

「じゃあ先生よ、今回遭難したエゲレスの軍船は、日本の金銀を奪いにきたとでもいうのか」

「お前が豊臣秀吉だとしてだな、朝鮮を攻めるとしたら、まず何をする」

「そうだな、まずは間諜を送り込む。敵の城や軍の規模、装備、それから港に街道、戦う以上、探ることはいろいろある」

「ほう、流石は南町の与力。馬鹿だ馬鹿だと思っていたが、まんざら馬鹿でもねえらしいな。いいか、今回のエゲレス兵どもが間諜だとしたらどうなる」

「馬鹿はお前だ。間諜ってのは目立っちゃならねえのが基本だ。紅毛碧眼、それが百人も固まっていたら、目立ってしょうがねえじゃねえか」

左内は無造作に摘んだ焼き海苔を口に放り込んだ。

「奴らはこの国にかかわらず、人種の違う東洋の国では、潜伏しながらの諜報活動が無理なことはとうに知っている。だからこそ今回の百人は、忍びのような間諜ではなく交戦も辞さない工作隊と考えるべきなんだ。しかも工作をするということは、近い将来、起きるであろう大きな動きの準備ってことだろう」

虎庵の言葉に、左内はあんぐりと口を開けたまま呆然とした。

「エゲレスがこの国を襲うということですか」

身を乗り出した桔梗之介の右手が、硬く握り締められた。

「幕府に対していきなり攻撃は無えだろう。まずはオランダに独占されている、国交と交易の再開を要求してくるんじゃねえか。しかも返答次第じゃ、攻撃も辞さないと脅してな」

「虎庵様、だからといって、エゲレスの軍艦が十隻きてもせいぜい兵力は三千。幕府の敵ではありますまい」

「桔梗之介、そこだよ。船を沈める事はできるかもしれねえが、潜伏している百人の兵が工作したら、江戸だろうが大坂だろうが、火の海にするのは簡単だろう。この国は山だらけ、隠れる場所は腐るほどある上に、家は木と紙でできているんだ。最悪、エゲレスの被害は三千の兵士と軍艦十隻、だが、主要な城下を燃やされれば幕府は大損害だ。そんなことを何度か繰り返されたら、幕府はエゲレスへの海禁を解かざるを得なくなる。ならば被害を受けて損する前に、海禁を解いたほうが得。どうだ、いかにも腐れ幕閣が考えそうな筋書きだろう」

虎庵はそういってニヤリと笑い、酒を一気に呷った。

桔梗之介と左内は、返す言葉がなかった。

6

南町奉行大岡忠相が、下谷寛永寺裏の寺町の一画にある古刹根来寺を訪ねたのは、昼八つ（午後二時）を少し過ぎた頃だった。

奥の宿坊にある座敷に通された大岡越前守は、黙想しながら今朝方登城した折に、吉宗に問われた言葉を思い出していた。

「忠相、延宝元年（一六七三）、四代将軍家綱《いえつな》公はエゲレス船リターン号が貿易再開を求めて来航した際に、何ゆえ貿易再開を断ったのだ。エゲレスとは、もともと貿易を行っていたではないか」

「上様、あの当時、オランダ商館より、エゲレス王がポルトガル女王と結婚したという報せが入ったと聞いておりまする。幕府は耶楚教禁令を出してポルトガルのバテレンを追放しました。エゲレスとの通商を再開すれば、エゲレス王の妻の母国ポルトガルに通商再開を要求されかねない、そうなれば再び耶楚教がこの日本に蔓延する、と判断されたのでしょう」

「島原の乱の教訓か。ならばこの日本はつまらぬ国よのう。一向宗の一揆もキリシタンの一揆も、問題は神や仏ではあるまい。領民を苦しめる圧政が原因ではないのか」

「上様、圧政が原因とすれば元は幕府、天に唾することとなります」

「違うな。この国が本当の専制君主制の中央集権国家ではなく、単なる連合国家に過ぎなかったということだ。島原の乱の折、幕府はキリシタン嫌いの松倉勝家を暴徒鎮圧のために島原に派遣し、松倉はキリシタンに対して厳しい弾圧を加えた。だが人とは恐ろしいものよ。松倉はキリシタンを弾圧している内に、自分の任務も、自分が人であることも忘れた。まるで自分がかの地の王にでもなったかのように振舞ったのだ。年貢を納めないだけで農民の妊婦の腹を割き、裸の女に蓑を羽織らせて火を放った。島原の乱があれほどの大乱となったたは、それが原因だったのだ」

　吉宗は米も命も奪って当たり前、殺戮につぐ殺戮で得た武功で出世してきた武士という生き物に疑問を抱いていた。

　百年も前の戦功で挙げた家督にふんぞり返る大名、冠位獲得に狂奔する旗本存在に、百年あまり徳川が運営してきた幕藩体制に限界を感じていた。

　家康が残した老中制度にしても、自ら政に辣腕を振るった三代家光までは頼りになる助言役であった。

　だが羊の皮をかぶって権力中枢の地位を獲得した老中たちは、ひとたび四代家綱のような小僧将軍が出るや、羊の皮を脱ぎ捨てオオカミの本性を剥き出しにした。

　将軍の長男保科正之の如き妾腹の小名上がりは、武士の本性も武断の上に成り立つ太平の意味もわからず、オオカミどものいうなりとなって、大名の末期養子制を緩和して武家の世襲を容易にした。

しかも殉死を禁じることで、武士が仕えるべきは主君であるにも拘らず、主家に仕えることを当たり前とし、果ては寛文五年、ついに大名の人質まで廃した。

この瞬間、武家の基本である弱肉強食という自浄作用が失われた。

どのような馬鹿殿であろうが、武士は徳川ではなく主家に仕えてさえいれば、地位も身分も保障されるようになり、政は国家や民のためではなく、保身に走る主家大事の奸臣どものおもちゃとなり、失政、失策は隠蔽するのが当たり前となった。

「忠相、大権現様が関ヶ原以来の譜代大名家を老中に配したのはなぜだ」

「将軍の負担を減じ、政を安定させるためかと思います」

「そうかのう。俺には大権現様が、太平が続けばいずれ露見する、武士の本性を後の将軍に気付かせるためとしか思えんのだ」

「それに気付いた五代綱吉公、六代家宣公は老中を頼らず、側用人を登用し、能力ある者による治世を試みました」

「そうだ。だがその結果、どうなった」

「ないがしろにされた旧幕閣の逆襲に遭い、将軍の座がおもちゃにされ、徳川宗家はもとより、御三家におかれましても、多くの御世継ぎが命を失いました」

「そして俺が将軍となったのだ。忠相、俺が綱吉公、家宣公の轍を踏まぬためにはどうすればよい」

「それは、天下人にしかわからぬ、永遠の命題かと……」

「お前ほどの男がたわけたことを。答えを知りたければ、諸外国に学べばよいではないか。だからこそ俺はオランダではなく、明国やそれを倒した清国に学ぶも良し、地球の裏側から日本にまでくる文明を持つ、西欧に国のあり方、国軍のあり方、能力あるものを登用する官僚制、試験制度、能力ある者を育てる教育制度を学べばよい。それが答えだ」

吉宗の言葉に大岡忠相は息を呑んだ。

吉宗は百年以上も前に、武功によって与えられた大名たちの地位や特権、利権を本気で取り上げようとしているのだ。

「上様は八十年続いた海禁を止めるおつもりですか」

「忠相、どんなものにも寿命がある。俺は国や政とて同じと思っているのだ。再来年には江戸幕府も開闢百二十年だ。暦が二度も廻っているのに、海禁だけが変わらぬのは変ではないか」

「問題は海禁を解く理由です」

「この国は帝が天下をとり、次に帝を形骸化させた公卿の藤原摂関家が天下を取り、そして政治の実権を公卿から奪った武士の平清盛、奪った権力を既成事実にした源頼朝の鎌倉幕府によって、武家による天下取りが成されたことになっている。だが忠相、俺は帝の実権を奪う摂政、関白の職を考えた藤原家、征夷大将軍の実権を奪う執権という職を考えた北条家こそが、諸悪の根源と考える。奴らは帝や公卿と婚姻を繰り返し、武家の大半が帝と親戚となってしまった今、そんな身分制度に何の意味があるというのだ」

吉宗は武家諸法度はもとより、幕府や諸大名のお荷物となっている公卿への、公家諸法度にまで手を付ける意志を暗に示した。

しかし大岡に徳川の幕藩体制が、そのような急激な変化を到底受け入れられるとは思えなかった。

「上様、お気持ちはわかりますが、どうか……」

「忠相、それ以上いうな。俺とてまだ三十七歳、急ぐことはない、時間はたっぷりあるのだからな」

そういって微笑む吉宗の真意を大岡は測りきれずにいた。

現実にエゲレスの百名に及ぶ兵士が上陸し、行方をくらましているという時に、まるで示し合わせたかのように、将軍がちらつかせる海禁解除。

――何がどうなっているというのだ。

大岡忠相は、ほんの少し前に城内で将軍と交わした話の深刻さに、大きなため息をついた。

廊下でした人の気配に大岡が腕組みを解くと、襖が音も無く開いた。

紺の紗の着物を粋に着こなした、着流し姿の侍が席に着いた。

「お待たせいたしました。津田幽斎《つだゆうさい》にございます」

幽斎と名乗った侍は大岡の前で丁重に頭を下げた。

津田幽斎は河内の武将津田監物《つだけんもつ》の血を引く、紀州藩薬込役の藩士だった。

吉宗は将軍宣下を受けるや、わずかな側近と紀州藩で隠密を務めていた紀州藩薬込役十七家とともに入城した。

吉宗が江戸城内の主流派である旧幕臣に気を遣ってのことといわれているが、その後、紀州藩薬込役十七家をもって御庭番という将軍直属の隠密を組織したことからみても、旧幕臣を謀るための手段にすぎないことは明白だった。

ただ大岡にとって不思議なことは、目前にいる津田幽斎は吉宗とともに江戸入りしたにもかかわらず、御庭番になることなくそのまま浪人となって下野していたのだ。

「南町奉行大岡越前守忠相にござる。上様からの命にて参上いたした」

「うかがってますよ。堅苦しい挨拶はこれで終りにするとして、御奉行様は上様から私のことをどう聞き及んでいなさるんですか」

　幽斎はそういうと、いきなり脚を崩して胡座をかいた。

「いや、上様からは行けばわかると……」

「左様ですか。御奉行様は、この寺の名をご存知ですか」

「根来寺ではないのか……ま、まさか」

　大岡は思わず息を呑んだ。

　その様をみた津田幽斎は、意味ありげな笑みを浮かべた。

「まさか、なんでございますか」

「その方は根来衆なのか。だが待て、根来衆は豊臣秀吉の根来攻めで滅んだのではないのか」

　大岡のいう根来衆とは、紀州岩出の根来寺を本拠にした僧兵軍団だった。

　本能寺の変のあと、織田信雄・徳川家康連合と豊臣秀吉は小牧・長久手の戦で相まみえ、連戦連勝を誇っていた秀吉は一敗地に塗れることとなるが、このとき家康に協力して、秀吉が留守にしていた本拠大坂を攻撃したのが、紀州岩出の根来寺を本拠とする僧兵軍団の根来衆だった。

　家康と講和を結んだ秀吉はそんな根来衆を逆恨みし、十万の兵で紀州攻めを敢行し、まずは和泉の堀城に籠城する六千の精鋭部隊を殲滅した。

そして二日後には一気に紀州に攻め入り根来寺を襲撃した。

最盛期には寺領七十二万石、根来寺内に子院九十八、三千近い僧房を誇った根来寺だったが、十万の大軍に寺を焼き払われ、根来流忍術とともにこの世から抹殺されたはずだった。

「御奉行様。元々根来寺は真言宗の寺ですぜ。たしかに本山の金剛峯寺と対立してきたが、本山側にも我らと思いを同じくする勢力がいたことくらいわかるでしょう」

「それはそうだが……」

「天正十三年（一五八五）三月二十三日、秀吉の根来攻めを落ち延びた僧兵たちは、全国にある真言系の寺に潜伏して再起の時を待ったんですよ。そして十五年後の慶長五年……」

「関ヶ原か」

「いかにも。我らは徳川家康の助力で、地獄から甦ったというわけです。もっとも昔の根来寺を本拠にしていた根来衆とは違い、全国に落ち延びた者たちが各地に根付いたことで、伊賀や甲賀と違った武闘派の僧兵忍軍に変わっていましたがね」

「まさか、根来衆が裏柳生……」

「烈堂義仙は臨済宗大徳寺派、我ら真言の門徒がその下に付く理由はねえと思いませんか。お侍様武士は主君に食わせて貰ってるから、よりいいおまんまを食わせてくれそうな主君が現れりゃ簡単に鞍替えするが、私ら仏教の門徒はお釈迦様におまんまを食わせて貰ってるわけじゃねえんです」

幽斎は裏柳生扱いされたことで、露骨に不快感をあらわにした。

「幽斎殿も紀州藩薬込役だったと聞き及んでおるが」

「それは上様が勝手にいってることでしょう。我らは元々根来衆であって、場合によって武士にもなれば町人にもなるだけのこと」

「幽斎殿は、なぜ御庭番にならなかったのだ」

「薬込役は元を糺せば伊賀の忍びの流れ、我らとは縁も所縁もありませぬ。御奉行様はどうも、本質的なことがわかっておられぬようだ。あえて問うが、なぜ上様は紀州藩薬込役を御庭番にしたと思われる」

「それは城内にいる伊賀組、甲賀組が信用に値する者たちではなくなったから……」

「御奉行様は本当にそう思っているのですか」

「無論だっ」

小馬鹿にするような幽斎の口ぶりに語気を強めた。

7

「困りましたな」

「なにがだっ」

「御奉行様、全国三百余りの大名に対して、薬込役はたったの十七家。それっぱかりの人数でなにができるというんですか。あんたは上様の側近なんだろうから、もっともらしく語る前に、少しは現実にそくして考えてみたらどうなんだ」

「どういう意味だっ！」

「なにもできやしないたった十七家の薬込役でも、そいつらを御庭番に仕立て上げれば、旧幕臣や大名の視線はそちらに集まる。違いますか」

「だからなんだっ」

「旧幕臣や大名が御庭番に注意を払っている内に、全国に散っている我ら根来衆に大名や旗本への監視網を作り上げる。あの上様ならそれくらいのことをすると思いませんか。あ、いま思ったでしょ、なぜ根来衆なんだって」

「ば、馬鹿なことを申すな」

大岡が吉宗からなにも聞かされずにきたのをいいことに、幽齋は南町奉行をいいように弄んだ。

「我ら根来衆は我が先祖津田監物が、種子島で手に入れた鉄砲を根来衆になる弟に伝えて以来、雑賀衆など足許にも及ばぬ鉄砲と火薬の専門家となりました」

「雑賀衆が足許にも及ばぬとは、いったいどういうことだ」

「我らの銃は、堺の鍛冶芝辻清右衛門とともに開発したもので、命中精度も有効射程距離も、並の火縄銃とは比べものになりません。ああ、そうだ。大坂の陣の後、紀州藩が門外不出にした短筒をご存知ですか」

「真田幸村が大権現家康様を狙った短筒……」

「左様でございます。あれも我らが開発した新兵器にございます。あいにく真田幸村は、家康様を狙撃する前に馬上から、あの短筒を落としてしまったそうですがな。話が逸れてしまいましたが、ようするに我らは目的遂行のためには、人の命など屁とも思わぬ武闘派集団。我らが選ばれた理由はそれだけのことです」

幽齋は不敵な笑みを浮かべ、大岡を鋭い目つきで睨みつけた。

そんなことでひるむ大岡ではなかったが、御庭番という新組織の裏に隠された、吉宗の思惑を読めなかった不明は慙愧だった。

しばらく続いた沈黙を破ったのは大岡だった。

「そろそろ、本題に入られてはいかがか……」

「浦賀で沈没したエゲレスの軍船、消えた兵士、鎌倉の由比ガ浜に上がった妖鬼党の遺体といったところですかな」

幽齋は二度頷いて微笑んだ。

「そこまでご存知か……」

「御奉行様。ご存知かって、上様に報告したのは我らですぜ」

「では聞くが、エゲレス兵の足取りは掴めたのか」

「御奉行様、エゲレス兵は百人もの大部隊にもかかわらず、未だ姿を見た者はおらぬところをみると、恐らく見た者は皆殺し……」

「幽齋殿、相模国では神隠しも頻発しておる、一刻も早く、奴らの足取りを掴まねばならぬのだ」

「敵が捕虜にした妖鬼党の生き残りが、手引きしているのでしょう。そうでなければ右も左もわからぬ異国で、ここまで完璧に姿を隠せるはずがありませんからな」

大岡は幽齋が口にした「敵」という言葉を聞き逃さなかった。

なぜなら吉宗が口にしたエゲレスに対する海禁解除は、大岡には嘘や冗談には聞こえなかったのだ。

吉宗が本気だとすれば、エゲレス軍とは友好的な関係を築く必要がある。

それなのに幽齋がエゲレス兵を敵とみなしているということは、吉宗も敵とみなしているということだ。

ならば敵国の海禁を解くとはどういうことなのか。

忠相は吉宗の考えが、ますますわからなくなった。

「足取りもつかめぬ以上、どうすることもできませんな」

大岡はぬるくなった茶を一口すすった。

「御奉行様は上陸したエゲレス隊ばかりを気にされているようですが、昨夜入った報告では、五日程前に琉球で水と食料を満載した、二隻のエゲレス艦隊が出港したそうですぜ」

「五日前に出港って、日本を目指しているのか」

湯飲みを持つ大岡忠相の手が小刻みに震えた。

――わずか五日前に琉球で起きた出来事をすでに掴んでいる、根来衆の情報網とはいかなるものなのか。

町奉行の大岡忠相には、想像のしようもなかった。

だがそれより問題は、琉球を出港した三隻ものエゲレス艦隊だ。

先の嵐で沈んだ船の遭難者救出なのか、それともリターン号同様、幕府に通商再開の要求を突きつけるつもりなのか。

「恐らく目的地は江戸」

津田幽斎はこともなげにいった。

「幽斎殿は、なぜそう思われる」

「長崎のオランダ商館では、すでにエゲレス船の遭難と漂流の事実を知り、我ら同様、エゲレス船を血眼で捜索しておるそうです」

「オランダ商館までが、すでに知っておるのですかっ！」

声を荒らげた大岡に、幽斎は意味ありげに微笑み返した。

大岡は根来衆の情報網に舌をまいたが、それと同等と思えるオランダの情報網には暗澹たる思いを抱いた。

なぜなら今回の一件は日本国内で起きたことであり、まだ幕閣の中でも一部の者しか知らないことだ。

だがそれをオランダ商館が知っているとすれば、幕閣の中に内通者がいるとしか考えられない。オランダ本国に幕府の間諜などひとりもいないのに、幕府の中枢にはオランダの間諜に成り下がった輩がいるということだ。

大岡は己が領地を守るためなら、寝返りや裏切りを屁とも思わぬ、武士の本性をあらためて見せつけられた気分だった。

「御奉行様、遭難者救出だけで二隻の軍船を寄こすとも思えませぬ。五十年ほど前のことですが、リターン号なるエゲレス船が長崎に来航し、朱印状をたてに途絶えていた通商の復活を求めたことがあります」

「あのときは、幕府が長崎奉行に命じてけんもほろろに追い返したはずだ」

「左様です。ですから今回はエゲレス王の親書でも携えて、江戸表で将軍との直接交渉を目論んでいても不思議ではないでしょう」

幽斎は念を押すように大岡忠相を睨んだ。

「今回も幕府が断ったとしたら」

「百名ものエゲレス兵が国内に潜伏していては、幕閣どももそうは強気に断れませんでしょう。幕府が折衝中に、潜伏したエゲレス兵が江戸に、駿府、尾張、大坂などの城下で火をつけられたら……考えただけでも恐ろしくなりまする」

「ならば、一刻も早く潜伏している遭難兵を見つけ出さないことには、どうにもならぬではないか」

「御奉行様は、奴らは何ゆえ妖鬼党を殲滅したと思われます」

「そ、それは……」

正直なところ、大岡にはその答えが出ていなかった。

「奴らは妖鬼党にとって代わることが、目的だったんじゃねえでしょうか。我ら日本人には、オランダ人もエゲレス人も裸で死んでいれば見分けがつきませんからね」

「なぜそう思われる」

「幕府は妖鬼党が遭難したオランダ人船員たちによる、盗賊集団であることを承知しているにもかかわらず、手をこまねくだけで野放し状態にしてきた。エゲレスはその立場を利用しようとしている……」

「どういうことでだ」

「仮に今回のことがすべて失敗に終わったとき、オランダにすべての責任を擦り付けるためでさあ」

大岡忠相は幽斎の推理に慄然とした。

エゲレス兵が上陸したという確証が無い限り、エゲレス兵がどれほど派手に暴れたとしても、たしかに幕府としては妖鬼党の仕業とするほか無いのだ。

「オランダとエゲレスの因縁を考えれば、むしろエゲレスはオランダに責任を取らせたいということか」

大岡忠相は、吉宗の真意が少し判った気がした。

仮にエゲレス艦隊が本当に江戸に来航し、通商再開を求めてきたなら、話を聞く準備はできている。

だがその前にエゲレス兵たちが不穏な動きを見せたなら、吉宗はエゲレス艦隊もろとも特使を始末してしまうつもりなのだろう。

だがそうなると問題は、百年近く戦をしていない幕府にそんな戦闘力があるかどうかだ。

御庭番にしろ柳生にしろ、その兵法や武力を発揮できるのは陸上でのこと。

それが海上となれば、赤子同然に違いない。

「幽齋殿、もし幕府がエゲレス艦隊と交戦するとなれば、いかがいたすつもりか」

「それはねえと思いますがね。なにしろ相手は、最新の武器を装備したエゲレスの新鋭艦隊です。幕府の軍船の相手ではないでしょう。陸上に配備した大筒にしてもエゲレス製の旧式ですからね」

「幕府の大筒が、エゲレス製ということをどうして知っているのだ」

「どうもこうも大坂夏の陣の前に、家康様は今度は絶対に負けられぬと、三浦按針を伝手にしてエゲレスから最新鋭の大筒を買った。そしてその大筒で大坂城を火だるまにしたんですぜ。以来、徳川はエゲレスを通じて大量の武器を買うようになった。エゲレスは売った武器の性能を承知しているのですから、大筒の射程距離内に奴らが近寄ってくるわけもない。となれば……」

「敵が弾薬を使い果たすまで、手も足も出せぬということか……」

「敵が弾薬を使い果たしたなら、我が根来衆は総攻撃に出ます。一人一殺、敵が五隻ならせいぜい兵力は千名。こちらは二千名で攻めてやりますが、はたしてそこまで幕府が保つか……」

幽斎には戦略も戦術も無い、ただただ玉砕あるのみで、いかなる手を使っても勝つという、まさに根来衆の兵法といえた。

大岡忠相の右手が勝手に顎をさすりだし、剃り残しの髭を探した。

大岡が困った時の癖だった。

「丹沢の奥地に、かつて北条が築いた秘密の山城がいくつも在りましてね、それを山窩が根城にしているそうなんです。根来衆は三百余藩全てに潜伏しておりやすが、さすがに山窩の領域にまでは手が廻りませんからねえ」

「それは幕府の御庭番、甲賀組や伊賀組とて同じこと」

「箱根、相模、多摩、そして甲斐……風魔でも頼らぬことには、手も足も出ませぬ」

「風魔……風魔か」

大岡忠相の脳裏に、十代目風魔小太郎こと風祭虎庵の顔が浮かんだ。

そして風祭虎庵のもとに、漂着した唐人の女を届けるように指示した将軍の真意をようやく理解した。

幕府開闢以来の危機が、風魔の「義」に通じるとは限らない。

仮に通じたとしても、風魔は幕府と手を組むこともなく、自らの「義」のために立ち上がる。

だが大岡の脳裡に一抹の不安が鎌首をもたげた。

なぜなら、何日か前に会った風祭虎庵は、幕府の海禁政策に批判的だったのだ。

エゲレス艦隊が通商再開を突きつけてきたとしたら、風魔にとってはエゲレスこそが正義であり、通商再開を拒む幕府が悪なのだ。

大岡忠相は苛立った。

「幽斎殿、今日のところはこれにて失礼させていただこうと思うが、お主は下谷の風祭虎庵をご存知か」

「復活した風魔の十代目を知らぬ忍びはいませんよ」

「そうか、いずれふたりを引き合わせることもあろうかと思うが、その方のことは儂が虎庵に申し伝えておく」

「別に会いたいとも思いませんが、御奉行様にお任せしますよ。とりあえずエゲレス軍の動きは、わかり次第、御一報させていただきますよ」

「あいわかった。それでは」

大岡は弾かれたように立ち上がると、振り返ることもなく部屋を飛び出した。

8

夜半過ぎ、虎庵と雅雅は例によって縁側に座り、妙に赤みを増した天空の満月を眺めていた。

満月に時折かかる群雲が、奇妙な文様を描きだして妖しさを増していた。

「先生、酒の用意ができました。肴は先生のいう通りにしましたが、はたして雅雅さんのお口に合いますかどうか……」

佐助が一升徳利と茶碗、車えびを殻ごと真っ赤に塩茹でしたものと、浅利の酒蒸しの載った盆を縁側に置いた。

「おう、すまねえな。佐助、お前もここに座れ……って、なんだ、茶碗がちゃんと三つ用意してあるじゃねえか」

「すみません」

佐助は、右手で頭をかいた。

「いいってことよ。ささ」

虎庵は雅雅と佐助に茶碗を渡し、自分の茶碗にだけ、通い徳利の酒をなみなみと注いだ。

佐助は恐縮した様子だが、ちらちらと横目で雅雅の様子を窺っている。

「佐助、雅雅にはお前がついでやりな」

虎庵は佐助の胸元に徳利を突き出した。

徳利を受け取った佐助の耳が、酒を飲む前だというのに真っ赤になっている。

佐助は雅雅に一目惚れしたようだ。

吉原一の惣籬小田原屋の番頭頭という立場上、佐助にとって美しい女など珍しくもなく見慣れている。

だが、それは江戸の美人であって、いうなれば平べったいお多福顔で短足、出尻女と相場は決まっている。

雅雅の丸く広い額、彫りの深い面立ち。

くっきりとした二重瞼の眼には、吸い込まれそうに大きな鳶色の瞳が輝いている。

顔は小さく、首は細くて長い。

胸と腰はパンと張っているが、すらりと伸びた脚は胴より長く、完全なる女の造形美というものが有るとしたら、それがまさに雅雅と思えた。

佐助は口角を軽く上げた雅雅を正面からみることができず、完全に視線をそらして酒を注いだ。

そんな佐助を虎庵はほほえましく思った。

虎庵が茶碗を口元に運んだ瞬間、庭先の気配に雅雅の表情に緊張が走った。

佐助は別の緊張で、庭先の気配に気付いていない。

「お頭、大変なことになりました」

庭の右手に植えられた躑躅の陰から声がした。

声の主は小田原屋の手代幸四郎《こうしろう》だった。

両脇に同じく手代の獅子丸《ししまる》とお百合《ゆり》がいた。

お百合は風魔の長老たちが、いつか虎庵が風魔に戻ることを信じ、子を作らせるために選び、磨き上げた女だった。

その美貌は吉原一だが、遊女にもかかわらず裏を返させた客がいない。

かつて千両箱を五つ積んだ大坂の商人がいたが、嵯峨太夫はいつものように笑顔でその客を送り出し、二度とその客の前に姿を見せることもなかった。

そんな西国、九州にまで名を馳せた嵯峨太夫だが、一年前、虎庵が十代目風魔小太郎を襲名した翌朝、みずから虎庵の股間の逸物を鷲づかみにしてのしかかった。

それからふた月あまり、月のものの時以外は毎日床を共にして晴れて懐妊。

ふた月ほど前に、虎庵の男児を見事に出産した。

だが産後の肥立ちが悪く、箱根の温泉場で湯治を命じたのは虎庵だった。

獅子丸はその警護役として同行を命じていたのだ。

「お百合じゃねえか、いつ江戸に戻ったんだ。体の方はもういいのかい」

「はい、おかげさまで先ほど江戸に戻りました。そこで幸四郎さんとばったり出くわしたんで、ちょいとお頭を脅かそうと思って庭先に回ってみたら……」

お百合は事情を説明しながら、射るような目で雅雅を見つめた。

お百合が全身から漂わせる緊張感に、その場の男どもは凍りついている。

雅雅も美しいが、こうして並べてみると、お百合とて雅雅に勝るとも劣らぬ美しさだった。

太夫の時も美しかったが子をひとり産んだせいか柳腰に磨きがかかり、妖艶さという意味では雅雅の比ではなかった。

「おう、幸四郎、大変って、何がどうしたんでえ」

お百合が醸しだす異様な雰囲気に、虎庵はあわてて話題を変えた。

「はい。四日ほど前、江戸から風魔谷に赤子を運んでいた一行が、足柄峠で妖鬼党と思しき野盗に襲撃されました」

幸四郎の口を衝いたあまりの出来事に、その場が一瞬で凍りついた。

「なんだと、で、被害はどうなんでえ」

「はい。乳母が五名、警護が五名、赤子が五名でございます。警護は全身に数十発の弾丸を受け、乳母達は全裸で陵辱された上に首を刎ねられておりました」

「赤子はどうした！」

「赤子は……」

あまりの惨状に、幸四郎は声を詰まらせた。

風魔の掟では、子が生まれると三月以内に風魔の里に預けることとなっていた。

そして十五年間、風魔の忍びとして育てられ、忍びの技術と読み書き算盤も教えられる。

風魔の里にいる間は両親と会うことができないが、六歳と十二歳の盆暮れには江戸に戻り、二ヶ月間だけ両親とともに暮らせることとなっていた。

十五歳で江戸に戻ると仕事が与えられ、両親とともに暮らせることとなる。

生まれて直ぐに離れ離れになったからこそ、親子は互いに情愛が深くなり、親は子を慈しみ子は親を大切にした。

「幸四郎、皆殺しにされたのに、いったいどこのどいつが妖鬼党に襲われた事を報告したんだ」

「同行していた犬にございます。首に血染めの文字で妖鬼党と書かれた手拭いをくくり付けられた、犬だけが江戸に戻った次第です。すぐに足柄の風魔の里に状況を確認させたところ、先ほど報告した通り……」

「そうか。酷えことをしやがる。佐助、鎌倉の由比ガ浜に、妖鬼党の死体が浮かんだのはいつのことだったかな」

「五日前かと思います」

「五日前だと？　じゃあ、妖鬼党は風魔を襲えねえじゃねえか。妖鬼党の幽霊に襲われたとでもいうのか」

「それに妖鬼党は女を直ぐに殺したりしません。隠れ家に連れ帰り、慰み者にしたのちに女衒に売るのが手口です。警護の者が紅毛碧眼の奴らを見て、妖鬼党と勘違いしたのでしょう」

「遭難して上陸した、エゲレスの兵の仕業というか」

虎庵はヒリつく喉を癒すように、ゴクゴクと喉を鳴らして酒を飲み干した。

「お頭、奴らは浦賀に上陸したあと、鎌倉で妖鬼党を殲滅し、さらに足柄へと向かったということでしょうか」

「妙だな、目的地は江戸じゃねえのか……」

「江戸を目指すにしても、東海道を上ってくるのは目立ちすぎます。恐らくは山中を抜け、鎌倉街道、あるいは甲州街道沿いに東上するのではないでしょうか」

「なるほどな。だが、奴らは百人を超える大所帯だ。山中ならともかく、人里近くでは隠れようったって無理な話だぜ」

この国のことなど殆どわからぬエゲレス軍が、どうしたら短期間で鎌倉に移動したうえに、オランダ人野盗妖鬼党を探し出して討ち取れるのか。

しかも、さらに足柄に移動して風魔を襲ったことを思うと、相模の土地や山中の地理にまで明るい誰かが、案内しているとしか思えなかった。

「神社や寺ならいかがでしょう」

「確かにな。神社や寺なら、大人数が身を潜めるにぴったりだ」

「よし、佐助、すぐに甲州街道、鎌倉街道近辺の神社や寺を洗え。それから、牛がいなくなったという農家にも注意してくれ」

「牛ですか」

幸四郎は怪訝そうな顔をした。

「おう、奴らは牛の乳を飲み、牛や豚の肉を食らう。奴らは牛の干肉を携帯食糧として携行していたとしても、いつまでももつもんじゃねえ。そうなれば食料の調達は急務となるはずだ。しかも百人分の食料となれば、牛の一頭や二頭くらいじゃ足りねえはずだ。それから吉原から百人ばかり選び出し、急いで風魔の里の警護に送ってくれ」

「はい」

佐助は幸四郎と獅子丸に目配せすると、風のように庭に飛び降り、あっという間に姿を消した。

「旦那様、そちらさまは」

お百合が口を開いた。

「おう、この娘は雅雅という唐人女でな……」

虎庵は木村左内に担ぎ込まれた日のことから、全てをお百合に説明した。

お百合は眉ひとつ動かさずに、虎庵の説明を聞いていた。

だが話に納得したのかしないのか、大きなため息をついて微笑んだ。

「おいおい……」

「判りました。私は流石に疲れましたので、今日は先に休ませていただきます。それでは」

お百合はそれだけいうと、虎庵と雅雅に深々と頭を下げて玄関へと向かった。

微妙な展開に目を白黒させていた愛一郎が、すぐにお百合の後を追った。

『とても綺麗な人ね。先生の奥さんですか』

わけもわからず、お百合の背中を見送った雅雅が口を開いた。

『おう、俺の子供を産んでくれたのだから、その通りだといいたいところだが、事情があって女房ではない。ま、それはともかく仲良くしてやってくれな。といっても、お百合はお前さんの国の言葉はわからねえがな』

『先生、じつは私、少しなら日本の言葉がわかります。香港に行く前に知り合った日本人に、少しだけ日本語を習いました。だから私が江戸の言葉をもっと覚えます。佐助さんに教えて貰えるよう、お願いしてくれますか』

『おう、それがいいや。奴が帰ってきたらいっとくよ』

『ありがとうございます。それじゃ、私も休ませていただきます』

雅雅はそういって立ち上がると、養生部屋に向かった。

どうやら雅雅は何が起きたのか、まるでわかっていないようだ。

別に後ろめたいことなど何ひとつないが、虎庵はほっとしていた。

――それにしてもエゲレス軍の狙いは何なのか。風魔なのか、それとも乳母の体であり、彼らが身につけていた食料や金品なのか。

幸四郎の話では全員が身包みをはがされ、街道沿いの森の中に素っ裸でうち捨てられていた。

ならば金品狙いと考えるのが自然だが、軍人である彼らが罪も無い民を襲い、金品を奪う理由はなんなのか。

鏡のように静かな池の水面に映った月は赤みをさらに増し、血に濡れたような妖しい輝きを放っている。

その月を大きな雲が、ゆっくりと飲み込んでいった。

突然、池で銀色の鯉が跳ねた。

大きな波紋に水面に映る月は歪み、鯉が着水したときの漣に姿を消した。

佐助、獅子丸は、下谷広小路口にある口入屋の十全屋に向かった。

十全屋の主人御仁吉《おにきち》はいわゆる二足の草鞋。

口入屋を営みながら、南町奉行所与力木村左内の小者として十手を預かっていた。だがそれも表向きの顔であり、正体は風魔が江戸市中に放っている間諜の元締めだった。

風魔は天下御免の吉原を経営することで、莫大な資金を稼いでいる。

一日三千両といわれる売り上げは、年に換算すれば百万両を超える。

もちろん、その全てが風魔の利益となるわけではない。

だが嫌でも増えていく利益を元手に、風魔は江戸市中で様々な事業を展開し、それぞれの事業は風魔の民に任されていた。

資金力を背景にした札差、呉服問屋、薬種問屋、材木問屋、米問屋、酒問屋、そしてそれぞれの小売店、八百屋、魚屋、料理屋など、百軒を越える商いを江戸市中で営んでいる。

十全屋も風魔の資本で始めた事業のひとつで、店を任された御仁吉は風魔から派遣された人間を使用人とし、利益の半分を風魔に納めることとなっていた。

吉原には何らかの理由で浪人となり、武士に嫌気がさした者、諸国の忍び、出家したが寺にいられなくなった破戒僧、猿回しや傀儡師といった芸能の民、木工、鍛冶、中には博徒や盗賊崩れまでが集まってくる。

風魔はそういう者たちをすくい上げ、江戸市中で展開する様々な事業所に送り込んでいた。

仕事をあたえることで、その者たちの能力と資質を選別するためだ。

そして去る者は追わず、裏切りは一命をもって償わせた。

「佐助、実は昨夜のことなんだが、南町奉行所に八州廻りの隠密が十人ほど集められたんだ」

御仁吉はあたりの様子をうかがいながら、小声でいった。

「八州廻り？」

「ああ、奴らの話では箱根、足柄で、すでに神隠しや押し込み強盗が二十件ほど頻発しているそうだ。どれもこれも手口は残忍極まりなく、女は犯され、赤子の命まで奪っていくそうだ。八州廻りは妖鬼党の仕業と踏んでいるようだが、風魔の里は大丈夫かな」

風魔の里にいる、長老や若者たちの戦闘力を考えれば全滅などありえない。

だが御仁吉は風魔の里に預けられた、虎庵の息子龍星が気になっていた。

「風魔の里へは、今夜中にも幸四郎が百人ほどで向かうことになっている」

「そうか、それならひとまず安心だな。それにしても、妖鬼党は鎌倉で皆殺しにされたはずだろう。それが二十件もの神隠しや、押し込み強盗を起こすってのはどういうことなんだ」

「エゲレス軍の奴らが妖鬼党になりかわり、悪逆非道を続けているんだろ」

「お前の話では百人を超える軍隊ということだが、やっていることはせいぜい十人程度で事足りることばかりだ。奴らはすでに、分散行動をとっているということじゃねえのか。それなら根城を探すといっても、一筋縄じゃいかねえぜ」

御仁吉は苛立たしげに大きなため息をついた。

「御仁吉、俺たちがここでこうしていても埒があかねえ。情報集めはお前さんとこの亀十郎《きじゅうろう》と、この獅子丸に任せてぇと思うんだが、亀十郎の具合はどうなんだ」

亀十郎は身の丈六尺、刃渡り三尺五寸の胴太貫を竹刀のように軽々と振り回す膂力は風魔一で、本人は我流というが型に捕らわれない実戦的な剣法使いだ。

佐助と同様、虎庵の警護役として良仁堂に常駐していなければならなかったが、ここ数日、風邪をこじらせて寝込んでいた。

「馬鹿は風邪ひかねえってえのに、まさに鬼の霍乱だぜ。もっとも今朝方から起きだしているので、大きな問題はねえはずだ。よし、情報集めは獅子丸と亀十郎に任せよう。おれは明朝、木村様のところに行って奉行所の動きを探ってみる。ところで獅子丸、殺された赤子は誰の子なんでえ」

「四人は日本橋の呉服問屋紀州屋の番頭たちの子供なんですが、ひとりは吉原の桔梗楼の遊女が産んだ、亀十郎さんの息子です」

獅子丸はがくりと項垂れた。

「なに、そのことを亀十郎は知っているのか」

獅子丸は首を横に振った。

「そうか、ならばしばらく亀十郎には知らせねえ方がいいな。御仁吉、獅子丸、頼んだぜ。俺は良仁堂に戻ってお頭に報告する。じゃあな」

佐助は立ち上がると、十全屋を後にした。

我が子が殺されたことを知れば、さすがの亀十郎も心穏やかでいられるはずが無い。独身の佐助にその痛みが判るわけも無いが、想像に難くはなかった。

風邪が治ったのが本当なら、亀十郎は明日にでも良仁堂に顔を出す。

そうなれば虎庵の口から、嫌でも事の真相を知ることとなるのだ。

良仁堂に帰る道すがら、佐助は天空に輝く赤い月を眺めた。

遠くで犬の遠吠えが聞こえる。

真夏だというのに、やけに冷たい風が頬を撫でた。

第二章　拷問

1

昨夜、幸四郎が率いる百人の風魔を乗せて吾妻橋を出航した五大力船《ごだいりきせん》は、昼過ぎには土肥近くの人気のない海岸に到着した。

風魔が表の商売道具となる米や薪炭を運ぶために建造したこの船は、全長七十尺、五百石積みの帆船だが、水深の浅い川でも航行できるように船幅を広げ、喫水も浅くなっていた。

「目指すは芦ノ湖畔、ぬかるなっ」

黒い忍び装束を身に纏い、背中には改良型の折り畳み式クロスボウ、食料などを納めた黒い麻袋を背負った風魔は上陸すると、振り返ることもなく、次々と足柄山中に消えた。

街道を避け、獣道を疾走した一行は、鞍掛山、箱根峠を順調に通過し、夕方には芦ノ湖畔の山中に達していた。

幸四郎が野営地を探すために眼下に広がる芦ノ湖畔に眼をやると、五十間ほど先の一角に、大きな焚き火が見えた。

十人ほどの大男が炎を囲み、何やら聞きなれぬ歌を大声で歌っていた。

黒い顔の男がおもむろに立ち上がり、手にした猪の子を高々とかかげた。

男どもの歓声が上がり、黒い顔の男は手にした短刀を瓜坊に突き立てた。

夕闇に「キッ」という瓜坊の悲鳴が響いた。

次の瞬間、幸四郎の後ろの茂みで猛烈な殺気が発せられた。

瞬時に振り返った幸四郎が身構えると、茂みの中から七尺はあろうかという漆黒の影が飛び出した。

だが影は幸四郎たちには眼もくれず、焚き火に向かい一直線に崖を駆け下りた。

浜砂を蹴り上げながら疾走する影の正体は、たったいま殺された瓜坊の母猪だった。

迫りくる猪の気配を察した男たちは、何事かを叫びながら左右に散った。

そして短筒を構えた三人の男が、一斉に引き金を引いた。

銃口が火を噴き、発射された弾丸が母猪の頭蓋を粉砕した。

母猪は口から泡を吹きながら、巨体を浜辺でのた打ち回らせた。

四肢を中空に突き出して全身を激しく痙攣させる母猪の腹に、白人の大男が突きだした巨大な槍が突き刺さった。

もはや母猪は抵抗する術を持たない。

母猪に忍び寄った首領と思しき長い金髪の男は、腰から細い剣を抜き、ゆっくりと母猪の心臓めがけて突き立てた。

断末魔の叫びを上げた母猪の痙攣が止み、宙に向かって突き上げられた四肢がゆっくりと倒れた。

「幸四郎、なんだ、いまの短筒は。火縄もなしで発砲したぞ」

「新八《しんぱち》、あれが最新式の銃だとしたら、奴らは間違いなく異国人だ。殺るぞっ！」

幸四郎が右手を上げると、新八と久兵衛、宗右衛門は、それぞれ二十五人の子分を引き連れ、音もなく闇の中に散開した。

巨大な猪を仕留めた男たちは興奮のあまり、短筒に新たな弾込めもせず、思いもよらぬ獲物に駆け寄って大騒ぎしている。

殺気を消し、夜陰に紛れて忍び寄る、風魔の気配など気取れるはずもなかった。

いつのまにか男たちを扇状に取り囲んだ風魔は、その場で片膝を突き、鏃に蛇毒を塗った短い矢をクロスボウにつがえた。

崖上から眼下の様子を見計らった幸四郎が、芦ノ湖の中ほどに向けて火矢を打ち上げた。

鬱蒼とした森の中から、いきなり糸を引きながら天空に飛びだした火矢に、湖畔の男たちは眼を奪われた。

そしてその瞬間、男たちは周囲を取り囲む猛烈な殺気に気付いた。

互いに見詰め合う男たちの眼に、怯えの色が走った。

乾いた音を立て、漆黒の闇を切り裂く無数の矢。

その音が消えると同時に、男たちの全身に猛烈な衝撃が走った。

矢は男たちの皮膚を破り、筋肉を貫き、骨を砕いた。

男たちは全身を襲う激痛に次々とその場にくず折れたが、断末魔の叫びをあげることもできない。

倒れた男たちが盾となり、毒矢の攻撃を免れた金髪の男が鋭い叫び声をあげながら細い剣を振り上げた。

「撃て！」

新八の号令に、再び七十五本の矢が一斉に放たれた。

金髪男の頭部を次々と襲った矢が、一瞬で頭蓋骨を完全に打ち砕いた。

全身を襲った矢は、金髪男の体を剣山に変えた。

ほどなくして二十五名の子分とともに湖畔に降り立った幸四郎に、新八が金髪男の持っていた細い剣を差し出した。

「総勢十一名、白い肌が二人に、黒い肌が九人。奴らの持ち物を調べましたが、近所の農家から奪ったと思われる米と鶏、金目のものはありやせん」

「そうか」

新八の報告を聞き終えた幸四郎は、細長い剣を受け取った。

鞘と柄に金で文字のようなものを象嵌した剣は、中々の名品に思えた。

幸四郎は全長三尺足らずの、見た事もない形の剣を鞘から抜いた。

身幅は狭く、刃渡り二尺三寸、とても骨を断ち切るような獲物には思えない。

どちらかといえば、斬るというより突き刺すことが目的の剣に思えた。

「幸四郎様、野郎どもの体に、何やら妙な刺青を見つけました」

新八は幸四郎の目の前に、肩から切り落とした白い肌の腕を見せた。

二の腕の辺りには、骨のぶっちがいと髑髏が描かれていた。

「新八、お前はこいつらの持ち物と、この奇妙な刺青のある腕を江戸のお頭に届けてくれ。俺はここで一休みしてから、皆と風魔の里に向かう」

「へい」

新八は傍にいた五人の部下とともに、手早く異人の遺体から武器や道具を奪うと、風のように姿を消した。

「皆の者、見たところ、エゲレス隊は十人程度に分かれ、分散行動を取っているようだ。ならば、多勢に無勢、発見した敵は見つけ次第、皆殺しとする。良いな！」

「ははっ」

幸四郎は闇の中を疾走する新八たちの背中を見送った。


眠れぬ夜が明けた。

夜半から降り始めた雨は止み、涼やかな風が虎庵の頬を撫でた。

昨夜知ったエゲレス兵の風魔襲撃。

恐らくこの襲撃は、計画的に風魔を狙ったのではなく偶然に違いない。

だがその偶然で、赤子を運ぶ風魔の護衛と乳母が無残に犯され、五人の赤子ともども殺された。

しかもその中には、生まれたばかりの亀十郎の息子がいた。

もしお百合が産んだ息子の龍星が一ヶ月遅れて生まれていたなら、殺されたのは龍星だったかもしれない。

亀十郎は虎庵同様、生まれた子の顔も知らなければ、その手で抱き上げることも許されていない。

その分、我が子という実感に欠けていることは確かだが、それでも我が子が殺されたとなれば、心穏やかでいられるはずがない。

虎庵は風魔の統領として、亀十郎にどのように説明したらよいのか、昨夜から考え続けていた。

「旦那様、お休みになられなかったのですか」

居間の木戸を開けたお百合が声をかけた。

「おう、お百合か。体の具合はどうなんだ」

お百合は産後の肥立ちが悪く、二ヶ月あまり箱根に湯治に行っていた。

医師としてお百合は血の巡りが良くないことは判るが、それ以外、どこが悪いということもなく、箱根での湯治を勧めたのは虎庵だった。

「おかげさまで二日ほど前より、月のものも戻りまして、とても楽になりました」

そういうお百合の顔は血色もいいし、子供を産む前より、ふっくらしているようにも見えた。

「そうか。それはよかったな。ただ、化粧と食べ物には気をつけてくれ」

「化粧？」

「ああ、化粧に使う白粉だ。白粉には鉛が使われているんだ。鉛ってのは水銀同様、体に良くねえんだ。お前えは白粉なんざ使わなくても、肌は白いし十分に美しいんだからよ」

将軍家を初めとする大名家の正室は、ほとんどが公卿の出身だが、なぜか産んだ子の体質が弱く、健康上の問題を抱えていることが多かった。

それが結果として、徳川将軍家の世継問題を引き起こしているのだが、虎庵は医師としてその原因が白粉の鉛にあると考えていた。

「それからな、吉原の揚屋の料理みてえな贅沢は心の臓によくねえ。お前は産後の肥立ちが良くねえんだから、米は良く噛んで、野菜や小魚をまめに食べねえとな」

「旦那様も、お酒はほどほどにしてくださいね」

「おいおい、その旦那様ってのはなんとかならねえか」

「だって風魔の統領は、女が独り占めすることはできないんですよ。誰もいないいまくらい、いいじゃないですか」

お百合は口を尖らせ、頬を膨らませた。

風魔の統領は正妻を娶らない。

正室がいないのだから側室もいない。

統領の子を産んだ者だけが、望む土地に屋敷と一生生活に困らぬ金子を与えられるが、子を産んで一年以内に風魔との縁を切らねばならない。

母でもなければ妻でもない。

もし母である事を他言すれば、一命を賭して償わなければならなかった。

風魔の統領は、あらゆるしがらみから解放されていなければならない。

そうでなければ一子相伝は護れず、風魔が内部崩壊していくことは、歴史上の権力者たちが証明していた。

風魔が他の忍びや武士と一線を画し、非情と評される理由がそこにあった。

風魔は男系一子相伝だが、長男も次男もない。

統領の子は風魔谷で帝王学を学び、風魔谷の長老たちの評価を受ける。

その後、江戸に戻り能力に応じた職に就き、統領に不慮の事態が発生したときに限り、兄弟の中から江戸の長老たちの選挙によって選ばれ統領を襲名する。

風魔に生まれた女子は統領の娘でも、下忍の娘でも、生まれて直ぐに親子や風魔との縁を切られ、町場で商いを営む幹部たちの養女として引き取られる。

そして町人娘として、嫁いで行くこととなる。

虎庵が十代目を襲名して一年、お百合以外にも三人の女が男子を産んでいた。

女たちは風魔の女衒が全国から集めた太夫候補で、虎庵の手が付いた段階で太夫候補からはずされる。

虎庵の手は付いたが、妊娠しなかった女は自由の身となり、二百両を手に江戸を離れる。

女子を産んだ女は、千両箱とともに帰郷を約束される。

そして男子を産んだ女は、江戸以外の望む土地に屋敷を建ててもらい、何不自由ない暮らしが約束される。

虎庵の子を産んだお百合以外の女たちは、すでに虎庵も知らないどこかで悠々自適の暮らしをしていた。

お百合が未だに虎庵の屋敷にいるのは、産後の肥立ちが思わしくなかったこともあるが、流行り病で親兄弟を失った天涯孤独の身であり、お百合自身、今後の身の振り方を考えあぐねていたからだ。

「お百合、お前さん、身の振り方は決めたのかい」

虎庵もお百合に情はある。

できればそばに置いてやりたいのはやまやまだった。

「決めましたよ。私は小田原屋で嵯峨太夫に戻ります」

「なんだと？　小田原屋に戻るって、そんなこと許されるわけねえだろ」

統領の子を産んだ女が、遊女として客を取るなどありえない話だ。

「吉原は夢幻の里。私のお客は旦那様だけ。それなら文句は無いでしょう」

「そういう問題じゃねえ」

お百合の話は無茶な話だが、そうまでして虎庵の傍にいたいと思うお百合の心根と情が、嬉しくないはずがなかった。

「それでも掟は掟だ。お前さんの考えはともかく、暫くは養生が必要だ。佐助にいっておくから、小田原屋の離れでしばらく暮らしたらいいだろう」

本当ならこの屋敷に置いてやりたかったが、良仁堂は吉原遊郭外にある風魔の戦略基地であり、要塞でもあった。

そこに忍びの訓練を受けていないお百合がいることは、足手まとい以外の何物でもなかった。

「そういうと思ってましたよ」

お百合がいじけ、不貞腐れたようにいったとき、佐助が庭先に現れた。

亀十郎も一緒だった。

亀十郎の顔を見た瞬間、虎庵はそれまでのままごとのような世界から、一気に現実に引き戻された。

「おう、亀十郎。風邪の具合はいいのかい」

「はい、お頭の薬のおかげで、ようやく熱が引きまして、昨日から起きだしました。もう大丈夫ですので、今日からはこちらに詰めさせていただきます」

亀十郎の表情はにこやかだが、頬はげっそりと削げている。

亀十郎が風邪をこじらせて十日になるが、おそらくほとんど食事を摂っていないのだろう。

「無理はするな。それはそうと、お前さんに謝らなきゃならねえことがあるんだ」

　いきなり切り出した虎庵の顔を佐助は見つめた。

「お頭、お詫びをしなきゃならないのは私のほうですよ」

「違うんだ、亀十郎。実は六日前、江戸から風魔の里に赤子を運んでいた乳母たちの一行が、何者かに襲われたんだ」

「乳母の一行には、風魔の里の手練が警護についていたはずですが」

「いきなり銃撃にあったようで、警護の五人、乳母が五人、そして赤子が五人殺されたうえに、身包み剥がされた」

　淡々とした虎庵の話し振りに、亀十郎もどこか他人事のような表情で聞いていたが、虎庵の「殺された」という言葉を聞いた時、全てを悟ったように軽く眼を伏せた。

「亀十郎、殺された赤子の中に……」

「お頭、それ以上の説明は結構です。足柄近辺では、山窩の中に山賊のような真似をしている者が大勢いると聞きます。それから、妖鬼党といわれる異人の盗賊がいると も聞きますが、下手人の目星はついているのでしょうか」

　亀十郎は虎庵の説明を制するようにいった。

「亀十郎、済まねえことをしたな」

　虎庵はその場で深々と頭を下げた。

「お頭、止めて下さい。私の倅は寿命だったのでしょう。だが、下手人は許せねえ。風魔の庭ともいえる足柄の山中で風魔を襲い、しかも風魔の手練五人が手も無くひねられたとなれば、よほどの奴らでしょう」

あえて感情を押し殺したように話す亀十郎だったが、膝に置かれた拳は堅く握られ、小刻みに震えていた。

虎庵は亀十郎の心中を察し、雅雅の一件から始まった全ての経緯を話した。

そして現在、幸四郎率いる百人の風魔が足柄に向かったこと、佐助と獅子丸たちがエゲレス兵の足取りを掴むために動き出していること、現時点では奴らの目的がまるで判らないことも……。

2

翌日は朝から霧のような雨が降り続いていた。

虎庵はためらうお百合と雅雅を無理やり籠に押し込め、吉原の小田原屋に向かわせた。

「佐助、なにやら嫌な予感がしてならねえんだ。とりあえず、お百合は小田原屋で養生させてくれ。それから雅雅も頼む」

吉原内の小田原屋にいるということは、自由に外にでられない軟禁状態だが、安全だった。

「はい。お百合さんと雅雅さんは、とりあえず小田原屋の離れで養生していただきます。おふたりを送り届けたら、直ぐに戻りますので」

「おう、ついでいいんだが、帰りに鰻の白焼きを五匹ほど買ってきてくれ。じゃあ、頼んだぜ」

虎庵の言葉を合図に、駕籠は吉原に向かった。

幸四郎率いる風魔はすでに風魔谷に到着し、早ければ今夜にも、何らかの報せが入るはずだ。

――山間奥地で、完全武装のエゲレス兵と風魔が激突したらどうなるのか。

風魔は敵を殲滅するまで、絶対に攻撃の手を緩めることはしない。

風魔にとって足柄は庭も同然、一晩中、波状攻撃の夜襲を繰り返し、ひとり、そしてまたひとりとエゲレス兵の命を奪い、敵を恐怖のどん底に陥れる。

それが風魔だ。

だが風魔とて、甚大な被害を受けることは確かだ。

自然を要害にした風魔の里自体は、豊臣秀吉ですら手を出せなかった難攻不落の山城で、百人程度のエゲレス兵の攻撃くらいでは、びくともしない要塞だ。

だが里に暮らす千人近い子供と、五百人ほどの風魔の身に起きることを考えると、不安を抱くなというほうが無理な話だった。

エゲレス兵にしてみれば、何らかの目的を持って上陸した以上、風魔との戦闘で戦力を減らすわけには行かないはずだ。

ならば風魔との接触があったとしても、戦闘は回避するのが常道のはずだったが、奴らは風魔を襲い、十五人を虐殺した。

虎庵はありとあらゆる可能性に思いをめぐらせたが、考えれば考えるほど嫌な予感だけが残った。

そんな不安を振り払うように頭を左右に振り、虎庵は中庭に向かった。

庭の隅にある鍛錬場では、桔梗之介と亀十郎が木刀を使っての稽古を続けていた。

桔梗之介は小野派一刀流の免許皆伝、亀十郎は我流というが、数知れぬ手練を殺めてきた実践的剣法。

ふたりは正眼で構え、互いに間合いを詰められぬままに四半刻がたっている。

立会い当初はふたりが発する猛烈な殺気が、十間近く離れた縁側の虎庵にも鬱陶しいくらいだった。

しかし、今は互いに渦巻くような殺気を消し、完璧に自然と同化している。

眼で見れば確かにふたりの姿は見えているが、眼を閉じればふたりの存在を気取ることは不可能だった。

虎庵が縁側に座り、そんなふたりに眼をやると、庭の右手からなんとも間の抜けた気が乱入してきた。

木村左内に違いなかった。

その気を察したのか、桔梗之介と亀十郎は、どちらからともなく蹲踞の姿勢をとり、木刀を納めた。

「虎庵先生、大変なことになったぜ」

「どうしたい。いきなり……」

「昨夜、丹沢付近でな、八州廻りの手下が、百名以上の謎の一団が移動しているのを、目撃したそうだ」

「丹沢付近だと？」

すでに御仁吉から、同様の報告を受けていた虎庵はあえて驚いて見せた。

「問題はそのあとよ。昨夜のうちに相模の国内で、ほぼ同時に四件の押し込み強盗が起きたんだ」

「ほぼ同時に四カ所だと」

「松田、波多野、坂本に海老名の四カ所だ。どこも賊は十人程度、全員黒い肌の大男たちだったそうだ」

「丹沢で謎の一団が発見されたにも拘らず、相模国のあちこちで黒い肌の男たちによる押し込み強盗だと？　いったい何がどうなってるんでえ」

「ふふふ、いよいよ幕府は相模国に、御庭番、伊賀組、甲賀組を討伐隊として差し向けたようだ。ま、すぐに決着はつくだろうぜ」

エゲレス兵の強さなど、知るはずのない左内は自信ありげに笑った。

「そうなればいいがな……」

左内が見せた無知の強さに、虎庵が小さなため息をつくと、居間の木戸の向こうから愛一郎の声がした。

「先生、新八が戻りました」

「そうか。養生部屋で待たしといてくれ」

「はい」

愛一郎は、直ぐに気配を消した。

「木村の旦那、相模国への討伐隊派遣は、お奉行の差し金かね」

「ああ、今回の一件については、老中たちも評定所もお手上げらしいぜ。上様がお奉行を呼び出して、若年寄たちと決めたらしい」

「ほぼ同時に発生した、押し込み強盗の様子はどうだったんでえ」

「農家、旅籠、呉服屋、米問屋が襲われたそうだが、大店はひとつもねえ。野盗のように馬に乗り、襲った店の者は女や子供も皆殺し。金目の物ではなく、金子そのものと食い物が盗まれたそうだ。呉服屋なんざ、反物は手付かずだったってんだから、妙な盗賊だぜ。あとはそういえば、農家で飼っていた牛がいなくなったといってたな」

左内は面倒くさそうな表情で鼻先を掻いた。

「皆殺しって、皆、斬り殺されたのか」

「いや、よほどの怪力がいるのか、首が後ろ向きになっている者、背骨が折れている者もいたそうだ」

「背後から忍び寄ったということか。酷えことしやがる」

「だがよ、江戸から伊賀組と甲賀組、さらに御庭番まで派遣されたんだぜ。これで奴らの運命も風前の灯火ってえわけだ。さーて、今日は酒も出ねえようだし、ここらで退散するとするか。和尚、せいぜい頑張れよっ！」

左内はそういうと、庭の奥で素振りを繰り返す桔梗之介に、片手を挙げて庭を出た。

伊賀組、甲賀組は戦国の世に、服部半蔵の配下として武家に組み込まれた忍びで、風魔とは違って一族の存亡を徳川に賭ける番犬の道を選んだ。

とはいえ所詮は忍びだ。

銃器に火薬、幻術に忍術、いかなる手を使ってでも敵を殲滅するだろう。

どうやら吉宗も大岡も、今回のエゲレス兵の一件を闇に葬ることを決意した証拠だった。

「お頭、新八が急ぎ、お見せしたい物があるそうです」

木戸の向こうで佐助がいった。

「おう、ご苦労だった、入れ」

音も無く木戸が開き、両腕に大きな風呂敷包みを抱えた、新八と佐助が入ってきた。

「新八、幸四郎たちは、無事、風魔の里に着いたのかい」

「それがお頭、一昨日の晩、我らが芦ノ湖畔に到着した折に、十名ほどの異人の集団と遭遇し、交戦することとなりました」

「芦ノ湖で異人の集団と出くわしただと」

長椅子に座っていた虎庵は身を乗り出した。

「正確には総勢十一名、白い肌が二人に、黒い肌が九人です。奴らは捕らえた猪の子を湖畔で焼き、食おうとしていたようです。それをたまたま幸四郎様が発見し、交戦することとなりました。ただ交戦と申しましても敵は十一名でこちらは百余名。こちらが奴等を取り囲み、一方的にクロスボウで皆殺しにしました。これらはその時、敵の大将が持っていた武器や道具です」

新八はそういって風呂敷包みを広げた。

サーベルに鉄砲、短筒、ブーツにナイフ、あとはコインやパイプなどだった。

虎庵はひとつひとつを手に取り、入念に調べた。

「どれもエゲレス製だな。だがこれを持っていた奴らは、軍隊というより海賊のようだぜ」

「海賊ですか」

「いや、正確にいえば、おそらく沈没したシーウルフ号の乗組員だろう。黒い肌をしていた奴らは、艪を漕がせるための奴隷かも知れねえ……」

虎庵は自分の言葉にはっとした。

浦賀沖で沈没したシーウルフ号には、確かに百名を越えるエゲレス兵が乗船していたが、同じく八十名程の乗組員が乗船していた。

丹沢で八州廻りの手下に目撃された百名は、間違いなくエゲレス兵と思われる。

「佐助、相模国で妖鬼党を殲滅し、各地で押し込み強盗を繰り返しているのはエゲレス兵ではなく、シーウルフ号の乗組員と奴隷達みてえだな」

「どういうことですか」

「乗組員と奴隷に自由を与えて野に放てば、奴らは水や食料、女や金を求めて相模国のあちこちで暴れまわるだろう」

「はい」

「つまり、エゲレス兵にしてみれば、目くらましになるってわけだ。さっき左内から聞いた話では、昨夜四組の盗賊が相模で四カ所の村を襲った。そして新八の話では、芦ノ湖畔で十一名を殲滅した」

「乗組員達は、十人程度の小隊に分裂し、行動しているということですか」

「そうだ。荒くれ者や奴隷たちは、もともと団体行動を苦手としているからな。新八、幸四郎の戦いぶりはどうだった」

「はい、お頭が飛鳥山で見せた戦法と同じく、敵を三方から囲み、クロスボウで一斉射撃。我らには怪我人ひとりおりません。お頭がいう通り、敵が最大で百人程度なら、幸四郎様の部隊百名と、風魔の里には手練が三百名近くおりますので、ひとまずは安心かとおもいます」

新八のいうことはもっともだった。

戦力的な差は確かだし、火力にしても風魔の里には火薬、銃、クロスボウ、弓など、エゲレス隊に引けはとらない。

それに風魔が里の回りに仕掛けた様々な罠をかいくぐり、エゲレス隊や乗組員たちが無事に風魔の里に行き着けるわけも無かった。

居間で虎庵たちが放ちだした物々しい気に、いつのまにか桔梗之介と亀十郎も居間に上がってきていた。

亀十郎が手にしたサーベルを抜いた。

「珍しい刀ですな。身幅は薄いし肉厚も薄く、やけに軽い。しかも、ほとんど刃が立っていません。このような刀で斬り合いができるのでしょうか」

「亀十郎、こいつはサーベルといってな、西洋の剣法は体を半身にして構え、こいつを片手で扱うんだ。斬るというより突くという感じだな。俺は一度、ルソンでイスパニアの盗賊と戦ったことがある。奴らのサーベルを俺の斬馬刀で次々と叩き折ってやったとき、奴らの驚いた顔といったらなかったぜ」

桔梗之介はサーベルを受け取り、柄と切っ先をつまんで刀身をしならせた。

「なるほど、このような柔な刀では、鍛え上げられた日本刀の敵ではありませぬな」

亀十郎は不敵な笑みを見せた。

桔梗之介、亀十郎、佐助、新八、そしていつの間にか紛れ込んでいた愛一郎の五人は、虎庵を囲むように一歩前に進み出た。

「さて本題に入るが、俺は丹沢で発見された百人が本隊と思う。妖鬼党を殲滅し、相模各地で暴れまわっているのは、シーウルフ号の乗組員たちに違いない。奴らは荒くれ者と奴隷だ。自由の身になった以上、命令されなくても派手に暴れまわる。エゲレス軍は、幕府の目がそちらに向いているうちに、どこかに身を隠そうとしているのだろう」

「お頭、ならば一刻も早く乗組員を殺らなければ、エゲレス兵に時間を与えることになりますね」

「佐助、幕府は御庭番、伊賀組、甲賀組を討伐隊として相模国に送ったそうだ」

「幕府はエゲレス隊を闇に葬るつもりですね」

「ああ、そういうことだな。俺たちはエゲレス野郎に、赤子や女たちを十五人も殺された以上、奴らを生かしておくわけにはいかねえ。だがここは、ひとまず幕府の討伐隊にまかせ、風魔の里の守りに徹するべきだと思っている」

　虎庵はそういうと、新八が持ち帰った鉄砲を差し出した。

　佐助は鉄砲を受け取ると、怪訝そうな顔で確かめた。

「これは、火縄銃じゃありませんね」

「ああ、フリントロック式といってな、火薬に着火するのに火縄じゃなく、火打石を使う最新式の銃だ。不発も多いと聞くが、連射性は火縄銃など足元にも及ばねえし、雨でも使える。この銃を船員が持っていた以上、エゲレス兵も同じ銃を装備していることは確実だ」

「あいにく季節は梅雨です。幕府の火縄銃では、お手上げということですか」

「幕府の討伐隊には悪いが、ここは護りに徹して敵の戦力を探るべきだ。我らが手出しをするのは、エゲレス軍の装備がわかってからでも遅くはねえ」

「お頭のいう通り、ここは幕府の討伐隊に任せるのが得策です」

佐助の言葉を聞いた虎庵は、さりげなく亀十郎の様子をうかがった。

亀十郎は子を殺された恨みなど微塵も見せず、しっかりと虎庵を見つめて頷いた。

「よし、ここは高みの見物を決め込み、将軍のお手並みを拝見といこうじゃねえか」

「お頭、こいつはいかがいたしましょう」

新八は油紙に包んでいた荷物を広げた。

芦ノ湖で切り落とされた、塩漬けの白人の腕だった。

「骨のぶっちがいに髑髏の刺青か。こいつは海賊の仲間だったんだろう。手首を見てみろ、手枷をはめられていたところがタコになってる。恐らく捕らわれたあと、艪漕ぎとして働かされていたんだろう。そんな汚え腕、野良犬にくれちめえといいたいところだが、どこかの寺に葬ってやってくれ」

「はい」

新八はさっさと腕を油紙でくるみなおした。

3

翌日、浅草での往診を終えた虎庵は、吉原の小田原屋に向かった。

虎庵が離れの襖を引くと、ふたりの女が三つ指をついていた。

「お帰りなさいまし」

「オカエリ、ナサイマシ」

お百合と雅雅が、同時に口を開いた。

虎庵は雅雅の流暢な日本語に目をむいた。

『雅雅、ずいぶんと日本語が、上手になったじゃねえか』

虎庵は広東語で話しかけた。

「アイイチロウサン、サスケサン、オユリサン、ニホンゴ、タクサン、オシエテクレマシタ」

雅雅は真剣な面持ちで日本語を使った。

お百合はその横で笑顔を浮かべている。

理知的な額と瞳、正確な広東語、隙の無い物腰、雅雅は香港の遊女だといっていたが、かなり知性の高い女とは思っていた。

そうでなければ広東語のわからない三人から、簡単に日本語を学べるわけがない。

全ては佐助の手配なのだろうが、髪を結い、濃紺の絽の小袖を着た雅雅は、なかなかの女っぷりだった。

「センセイ、ヨシワラ、スゴク、ウ、ウ、ウクツシイ」

「美しい、だろ」

「ハイ、ウツクシイ、トコロデスネ」

拙い日本語ではあるが、なんとか自分の気持ちを伝えようとする、雅雅の屈託の無い笑顔が眩しかった。

「旦那様、雅雅さんは賢いお人ですよ。日本語を教えるかわりに、私は漢字を教わりました。流石に漢字の本場のお方ですね、美しい文字でしょ」

お百合は雅雅が半紙に書いた「江戸」や「吉原」といった見事な文字を見せた。

「ほう、そいつは大したもんだな。ところで今日は、飯でも食いに行こうかと思っているんだが……」

「佐助さんから話は伺ってます。屋形船で舟遊びをさせていただけるとか。私と雅雅さんは準備万端、いつでも出かけられる支度はできておりますよ」

「そうか、まもなく佐助が呼びにくるだろう。ちょっと、待っててくれ」

もともと美しい女だが、吉原という場所がそうさせるのか、お百合はなんとも艶やかな色気を醸している。

虎庵は両手で中庭に面した障子を開け放った。

雲ひとつ無い夜空には、無数の星が瞬いている。

夏の到来を裏付けるように、遠くで雷が鳴った。

その頃、足柄の風魔谷では、幸四郎を先頭にエゲレス兵迎撃準備に余念が無かった。

「幸四郎、この武器はなんだ。昔見た唐の弩《ど》という武器に似ておるが、やけに小型で軽いのう」

里の長老左平次《さへいじ》は、幸四郎のクロスボウを手に取り、構えて見せた。

「ほう、長老はこの武器の使い方を知っておるのか。これはお頭が上海から持ち帰った西洋の武器で、風魔の鍛冶が改良したんだ。弓の部分を鋼にし、折り畳めるようになっている。鏃に蛇毒を塗った矢をつがえて放つのだが、弦も鋼になっているので凄まじい破壊力だ。二十間離れたところから、一撃で頭蓋を打ち砕く」

「なるほどのう。これなら女でも扱える。儂はまだお頭に会うてないが、中々のお人らしいのう」

「去年、十代目を襲名するや、誰に相談することも無く、風魔に巣くう悪徳幹部の粛清を躊躇無く断行した」

「うむ。その話は聞いておる」

「武田透波の残党と風魔の裏切り者が、我らの知らぬところで手を結んでいたという話はどうだ」

「忠兵衛たち、吉原の長老たちのことか」

「ああ。奴らはお頭を殺して風魔を乗っ取ろうとした。しかもそれだけでは飽きたらず、幕府を乗っ取るための将軍狩りまで計画してやがったんだ」

「飛鳥山と六義園の乱のことじゃな」

左平次は大きくうなずき、満足そうな笑みを浮かべた。

「俺は両方とも出撃したが、それにしても、お頭の采配は見事だった……」

幸四郎は自分にとっても初陣となった、飛鳥山の決戦の一部始終を懐かしげに語った。

「先代が亡くなり、お頭は行方不明になったあの頃からじゃ、我ら風魔の箍が緩んだのは……」

「俺は詳しいことはわからんが、そうらしいな」

「儂も今年で八十六歳じゃ。子供だった儂がここから江戸に戻った時、世はまさに三代将軍徳川家光の時代じゃった。表では柳生宗矩と裏柳生が、幕府に二心を持つ大名家に、次々と罠を仕掛けて取り潰しておった」

「聞くところによると、大坂の陣以降、百三十を超える大名家が潰されたとか」

「そのとおりじゃ。それから小僧将軍の家綱、ちび将軍の綱吉の世に生き、六十歳になってこの地に戻り二十六年じゃ。十代目には、是非一度、お目にかかりたいものよのう」

「長老は、俺たちが殺ったエゲレス兵の狙いは何だと思う」

幸四郎は思い切って聞いてみた。

「幸四郎、奴らの狙いはここよ」

左平次はふたりの間に広げた、地図の一点を煙管で押さえた。

「た、高尾山？」

「その昔、武田信玄は、甲斐の山々のいたるところで金鉱脈の試掘をした。事実、信玄はその試掘で多くの金鉱脈を発見し、北条や織田、徳川など及びもつかない財力を手に入れた。その後、掘り出された金は織田に奪われ、最終的に豊臣のものとなるのだが、甲斐の金山は佐渡のように枯れてしまったわけではない。信玄の死と同時に、全ての金鉱の入り口は武田透波によって爆破され、今ではそれがどこなのかは、皆目見当もつかなくなってしまったのだ」

「それでは、高尾山も金山なのか」

「あの山は胴や鉄も出ない。だが信玄はのう、いずれ北条を討ち、江戸、相模を手に入れるための拠点として、試掘を終えた高尾山に地中城を築いたのじゃ」

「ち、地中城？」

「そうじゃ、高尾山の地下には坑道が蜘蛛の巣のように巡っていてのう、これがいたるところで、地上に繋がっておるのじゃ。敵が入り口を見つけても、別の出口からでた兵がいつの間にか背後に回る。まさに神出鬼没、難攻不落の城じゃ」

「俺は五年ほど前に高尾山の薬王院まで登ったことがあるが、どこにも城らしい風情は無かったぞ」

　幸四郎は首をかしげた。

　高尾山は武州、甲州との境界を近くに接する要衝で、古来より多くの武将が関東進出する際の拠点となった。

　天平十六年（七四四）、聖武天皇の勅命により、高尾山中に東国鎮護を祈願する寺として、行基《ぎょうき》が高尾山薬王院有喜寺を開山した。

　天文年間になると、北条氏康によって富士山信仰と高尾山が結び付けられるが、徳川家康の江戸入府後は、将軍家によって手厚い保護を受けることとなる。

　三代将軍徳川家光の治世には、活気を帯び始めた江戸庶民の暮らしとともに、多くの江戸庶民が高尾山に参詣するようになり、享保の世になっても賑わいを見せていた。

「信玄はのう、あの山の地下に一万の兵士が籠城できる城を築いたのじゃ。今では、山のいたるところにある、坑道の出入り口は完全に閉ざされているがのう」

「長老、高尾山の地中城が本当にあるとして、なぜエゲレス軍がそのことを知っておるのじゃ」

「お前は三浦按針という名を聞いたことがあるか？」

「オランダ船リーフデ号が、九州に漂着したときに見つかったエゲレス人航海士、ウイリアム・アダムスのことだろう。幼き頃、ここで教わったことだ」

「ほう、よく覚えていたな。三浦按針はその後、徳川家康に気に入られ、幕府の外交顧問となるが、旗本となり相模国三浦郡逸見に領地を得るまでになるのじゃ」

「信長ならわからぬでもないが、家康がエゲレス人を厚遇したのは意外だな」

「家康はイスパニアやスペイン、ポルトガルのようにイエズス会による耶楚教の布教を求めない、オランダとエゲレスを厚遇したのじゃ」

「だがその後、贔屓にしたオランダとエゲレスは戦争状態になり、エゲレスが元和九年（一六二三）に平戸の商館を閉鎖してこの国から去った。それくらいは俺でも憶えておるわ」

幸四郎は幼き頃の退屈な講義を思い出し、思わず大あくびをした。

そんな幸四郎の頭に、左平次の容赦ない煙管の一撃が下された。

「馬鹿者、調子に乗りおって。よいか、肝心の話はこれからじゃ。三浦按針は当時、幕府がオランダ貿易の代金として払っていた銀ではなく、この国に溢れる小判に目をつけたのじゃ。三浦按針から金の価値を教えられた家康は、全国にある金鉱の調査を進めた。家康は金の価値などとうに知っておったが、それより慶長小判でこの国の通貨を統一しようとしたにもかかわらず、豊臣秀吉に厚遇された西の大商人どもが、銀中心の商売をやめぬことを歯がゆく思っていたのじゃ」

「だが長老、家康が小判中心の世の中にしようにも、金山がなければどうにもならないではないか」

「そこじゃ。家康は三浦按針に、甲斐にある武田の隠し金山の徹底的な調査を命じたのじゃ。三浦按針は本国エゲレスから鉱山技師を呼び寄せ、甲府徳川家の隠密とともに甲斐の山々を調査した。じゃが、そんな徳川の動きを知った武田透波の残党は、隠密と技師達を襲って皆殺しにしてしまったのじゃ」

「武田透波は、武田家の復活を本当に信じていたんだな」

「だが家康の調査隊は、襲撃を受ける前に高尾山の地中城を発見していたのじゃ。しかも地中城の一室で、武田の隠し金の一部と思われる二千五百貫の金塊と、信玄の黄金の棺を発見したのじゃ」

「二千五百貫の武田金と黄金の棺とは、まさに黄金の地中城ですな」

「家康は密かにその金と棺を運び出させたのち、発掘に係わった人足と甲府徳川家の隠密を落盤事故を装って生き埋めにした」

「む、酷いことを」

「三浦按針はその功で旗本となり、相模国三浦郡逸見に領地を得たのじゃ」

　左平次は遠い記憶に、苦虫を噛み潰したように表情を歪めた。

「長老、甲府徳川家の家臣まで殺した家康が、なぜ高尾山の秘密を知る異国人を殺さなかったのじゃ」

「おそらく三浦按針が、取引したのじゃろう」

「取引？」

「三浦按針は、さらなる隠し金のありかを知っていたのじゃろう。二千五百貫というのは、信玄の隠し金にしてはいかにも半端な数字ではないか。拷問にかけて聞き出すこともできるが、死なれては黄金のありかは永遠に闇の中じゃからのう」

「鳴かぬなら、鳴くまで待とうホトトギスというわけですか」

「おそらく三浦按針はいざというときの身の安全をはかり、この話を本国にも教えたのじゃろうな。そうでなければエゲレスが、大坂の陣の勝敗を決めた最新鋭の大砲を日本に売るわけがないからな」

「しかし、それから百年も経っておるの。なんでいまさら信玄の隠し金なのじゃ」

「それはわからぬ。じゃが目的が信玄の隠し金だとすれば、いずれエゲレスの軍艦が江戸湊に姿を見せるのは必定じゃ。幕府はエゲレスの軍船を浦賀に留め置き、浦賀奉行が交渉の窓口になるのじゃろうが、もしエゲレス艦隊の目的が黄金なら、幕府のいうことは聞かずに川崎宿近くに停泊するはずじゃ」

「なにゆえ川崎なのですか」

左平次の口をついた具体的な地名に、幸四郎は思わず身を乗り出した。

すると、再び左平次の一撃が幸四郎を襲った。

「少しは頭を使ったらどうじゃ。金塊がどれほどの量かは知らぬが、ただでさえ目立つエゲレス兵が、甲州街道や鎌倉街道を使って運べるわけが無かろうが。夜陰に乗じて、船で玉川を下るのが定石とは思わぬか」

「なるほど。しかし、長老。ならばエゲレス兵はなにゆえ分散し、つまらぬ押し込みや物取りを繰り返しているのですか。長老の読み通りなら、一刻も早く高尾山に向かうべきでしょう」

幸四郎は頭頂にできた瘤を撫で、煙管を咥えた左平次を忌々しげに見上げた。

「ほう、少しは頭を使っておるようじゃな。足柄峠で我が同胞を襲った奴も、芦ノ湖でお主らに殺された奴らも、儂は幕府の攪乱を狙った囮ではないかと思うのじゃ。それにおそらく、江戸にはエゲレスと手を結んだ者が集結しておるはずじゃ」

「奴らに仲間がいるのか」

「今年、江戸では三度も大火が起きた。それも奴らの仕業かも知れぬぞ」

皺だらけの左平次の眼が妖しく光った。

あまりに突拍子も無い話だが、左平次の迫力に幸四郎は思わず息を呑んだ。

4

異国人討伐隊が相模国に送り込まれてから、すでに五日あまりが経過した。

その間、エゲレスの船員や奴隷からなる山賊と、箱根山麓、足柄峠、大山、丹沢で遭遇した討伐隊は、凄惨を極める戦闘を繰り広げていた。

六隊の山賊、六十名あまりを殲滅する間、討伐隊は敵を誘い出すために、殺した異国人の首を相模の山中のいたるところに晒し続けた。

当然、その首を発見した異国人は、同胞の無残な死に逆上し、手当たり次第に近隣の村を襲い、闇雲に討伐隊を襲った。

それを見越して、戦闘態勢を整えて待ち伏せする討伐隊だったが、五名の異国人を生け捕りにするまでに、百名近い犠牲を払わされていた。

生け捕りにされた五人はすぐさま江戸に緊急搬送された。

だがその一方、沖縄を出港した二隻のエゲレス艦隊は、すでに浦賀水道を抜けて川崎に向かっていた。

そんなこととは露知らず、良仁堂の門前には中の様子を窺う町人女が、黒山の人だかりとなっていた。

四半刻ほど前、黒門町の料亭美濃卯から大量の豪勢な仕出し料理が運び込まれた。

それからほどなくして十丁ほどの駕籠が、大挙して良仁堂の門前に止まった。

駕籠を降りたった異人風の男たちは、次々と良仁堂の門を潜った。

今をときめく偉慧栖座の役者たちの突然の来訪に、良仁堂界隈は蜂の巣を突いたような騒ぎになっていたのだ。

「貴公が江戸で蘭方医院を開いているとは恐れ入ったな。しかも、桔梗之介が和尚になっているとは」

元土佐藩士山田駒之助は、豪快に手土産のぶどう酒を呷った。

細い眼と下駄のように四角い顔の中央には、大きな鼻が胡座をかき、その先端には脂汗が浮かんでいる。

「お主こそ、バテレン歌舞伎の偉慧栖座の座長とはな。ルソンで会ったときの身なりとは、月とスッポンではないか」

虎庵は山田駒之助が持つ、ギヤマンの器に赤いぶどう酒を注いだ。

「そうじゃ、あの頃は最低じゃったきに。じゃがあのあと、儂に幸運の女神がやって来たのじゃ」

「幸運の女神だって？」

「おう、メイファーという白人と清国人の混血でな、こじゃんと美しかおなごじゃ。

このおなごが、ある日、セブ島の海岸ぺりでのう、ひとりで何やら苦しそうにしちょうたきに、儂が介抱してやったのじゃ。すると元気を取り戻したメイファーは、儂の手を引いてのう、とある海岸沿いの小屋に案内してくれたのじゃ」

そこまで聞いたところで、桔梗之介の喉が「ゴクリ」と鳴った。

あまりの音の大きさに駒之助は話を止め、虎庵と目を合わせて大笑いした。

「な、なんだっ！　俺は目の前の豪勢な料理を見て生唾を飲んだだけだ」

桔梗之介がむきになった。

「わかった。そう怒るなや、和尚。それで案内された小屋に入ると、なんとそこに汚い木箱があっての、蓋を開けると金銀財宝がざくざくと出てきたんじゃ。おそらく、どこぞの海賊が隠したお宝なんじゃろうが、儂にそれをくれるいうのじゃ」

「なんだそりゃ。お前は浦島太郎か」

「儂も眼を疑ったぜよ。じゃがメイファーは本気でな。儂はメイファーと一緒に、そのお宝を持ってマニラに行き、金に換えたぜよ。で、儂はメイファーを娶り、その金を元手に船を買うて貿易を始め、大儲けというわけぜよ」

「メイファーはどうした。お前のことだ、香港あたりの娼館に売り飛ばしたんだろ」

和尚と呼ばれ、腹の虫が収まらない桔梗之介は嫌味たっぷりにいった。

「和尚、儂があげなええ女、手放すわけがなか。儂にとっては、幸運の女神様ぜよ。

しかも理由は判らんが、清国語にオランダ語、英語がぺらぺらでのう、美しい上に頭も良かおなごで、儂は心底惚れとったぜよ」

「じゃあ、どうしたんだ」

「儂らはマニラに屋敷を買い、幸せに暮らしておったのじゃ。じゃが、メイファーと知りおうてちょうど一年の八月三日、突然、姿をくらましおったのじゃ。儂は必死に探したが、皆目見当がつかん。そうこうしている内に、女神に逃げられた儂の運も尽き、荷物を積みこんだ船が、嵐で沈没して全てぱあじゃ」

駒之助は大袈裟に項垂れた。

「そうだろう、そうだろう。そうこなくちゃな。それが手めえの人生だ」

桔梗之介は満足そうに何度も頷いた。

「それで儂は、少しばかり残った財産を持ち、兄者を頼って長崎に戻ったのじゃ。じゃが兄者はすでに肺病で臥せっていて、まもなく死んだぜよ。儂はそんな兄者の遺志を継ぎ、偉慧栖座の面倒を見始めたというわけじゃ。偉慧栖っちうのは、耶楚教の神様イエス・キリストのことよ。捨てる女神がいれば、拾う西洋の神ありじゃ。芝居っちうのは正直いうて、貿易なんぞより楽しいし、はるかに儲かるぜよ。ガハハハ」

駒之助は豪快に笑って庭先に視線を投げた。

庭先では色とりどりの着物を着た役者たちが、用意された豪勢な料理に舌鼓を打っている。

愛一郎は妖しげな役者たちの色香に酔っているのか、手伝いなぞとっくに忘れ、縁側でうっとりと眺めている。

「それはそうと、お主、さっき南町奉行の大岡越前に呼ばれておるといっていたが」

虎庵はそういうと、駒之助の表情をうかがった。

「おう、何やらエゲレス語がわかる者を探しておるとかでの。そうじゃ、和尚はともかく、お主はエゲレス語もぺらぺらではないか。よし、儂が紹介するから、儂の代わりにやってくれぬか。儂はどうも役人が苦手じゃきに」

「何をいうか、将軍様とお忍びで吉原遊びをする奴が」

虎庵の言葉に、一瞬、駒之助の表情がこわばった。

「お主、何を知っておるのじゃ」

「何でもいいじゃねえか」

虎庵はとぼけた。

「そういえばお主らは、確か紀州藩の薬込役じゃったの。マニラや上海でもやけに豪勢じゃったが、おまんら吉宗様の御庭番、いや隠密か？　正直に白状せい」

駒之助はぶどう酒を一気にあおり、不服気にギヤマンの器を突き出した。

「どちらでもねえよ。ただの蘭方医と脱藩浪人だ」

「虎庵様、脱藩浪人はないでしょう。拙者は武家を捨てて出家し、一介の僧侶となったまで。それを脱藩浪人とは聞き捨てなりませぬぞ」

いきり立つ桔梗之介の姿に、駒之助は大笑いした。

駒之助にとって、虎庵が吉宗と自分の行状を知っていること、大岡越前に呼ばれていることを知っているのは意外だった。

だが虎庵がその事実をいきなり駒之助に突きつけたかと思えば、桔梗之介はまるで意に介さず、自分が脱藩浪人といわれたことに対して真剣に腹を立てている。

虎庵と桔梗之介が何者であれ、マニラで知り合った頃と変わらず、駒之助にとって二人は信ずるに足りる人物であることは変わりなかった。

駒之助はほっとしたように、鯛の刺身を摘んだ。

「こら駒之助、お前はよく鯛なぞ食っておられるのう。よってたかって人のことを和尚だの脱藩浪人だのいっておいて、不愉快千万だ」

「和尚、そう怒らんでもええじゃろが」

「和尚ではない。まだいうか！」

「僧侶になったとゆうたのは、お主じゃ。おお、そうだ。お主、なにやらえろう美人の嫁を貰ったそうではないか。虎庵殿がいうてたき、ええのう、この破戒坊主が」

「よ、嫁？　ま、まあな」

「その美しい嫁ごは、お主の上海時代のモテ振りを知っちょるのか？　儂は娼館に行く度におなごにモテまくるお主に、心の底から嫉妬しておったぜよ」

「こ、こら、何をいうか駒之助。それより、まあ飲め」

桔梗之介は虎庵の手から、ぶどう酒の入ったギヤマンの徳利をひったくると、あわてて駒之助に差し出した。

虎庵と駒之助は思わず眼を合わせ、大笑いした。


夕刻、南町奉行所は騒然としていた。

南町奉行所与力木村左内を先頭に、棺桶が次々と運び込まれたのだ。

運び込まれた棺桶は五本、それぞれに木村左内配下の同心二名がつきそっていた。

「木村、これはなんだ」

同僚の勘定方与力田村五平が、鬱陶しそうに顔をしかめた。

「騒ぎ立てするな。お奉行の命令だ。さっさと道を空けろ」

左内は田村五平を乱暴に突き飛ばし、奉行所内の牢に向かった。

今朝方、牢内には四人のやくざ者がいたが、大岡の命によって火付盗賊改めに引き渡されていた。

同心は牢屋の鍵を開け、棺桶にかけられた縄を解くと力任せに蹴飛ばした。

蓋が飛び、その場に倒れた棺桶の中から、異人たちが次々と転がり出た。

異人達は黒い肌が四人、白い肌に金髪がひとり。

皆、猿轡をかまされ、後ろ手に縛られている。

同心はそれぞれが担当する異人の髪を掴み、牢の中まで引きずった。

そして目にも止まらぬ早業で異人の鳩尾を十手で突き、気絶したのを確認してから猿轡をはずして縄を解いた。

「皆の者、ご苦労であった」

牢屋敷の入り口で、大岡の野太い声がした。

「左内、この者たちは異人。法度の対象外だ。手段はいとわぬ。急ぎ、この者たちがこの国に来た目的と、本隊の居所を吐かせるのだ」

大岡越前はそれだけいうと踵を返した。

「かしこまりました」

温厚な大岡越前にしては過激な物言いに、左内と同心たちは息を呑んだ。

だが生か死か、一切の感覚を奪う二者択一の緊張を経験したことの無い、大岡の言葉に力は無かった。

人の命を奪った者だけが持つ、左内の心の闇が奉行の戯言を嘲笑っていた。

——拷問は一切の抵抗を許されぬ、相手の命の炎を弄ぶ、狂気のなせる業だ。

生身の体を打ち、焼き、切り裂くうちに、相手の苦悶と悲鳴の中で、責める側もあらゆる感覚が麻痺してくる。

脳内にきな臭さが充満し、それが消え去る頃には股間が熱くなり、えもいわれぬ快感が身を包む。

人間の内に潜む悪魔を思い知らされる瞬間だ。

左内は与力という立場上、これまでに何人もの咎人を拷問し、その罪を認めさせてきた。

逆さ吊りにし、全身を青竹で殴る。

石を抱かせる。

爪を剥ぎ、指をへし折ったこともある。

あまりの激痛で急激に血圧が下がり、気を失った咎人に水をかける。

意識を取り戻したところで、さらに拷問を加える。

そうなると、ほとんどの咎人は激痛と恐怖で罪を認めた。

だが、それが真実でないことは左内が一番良く知っていた。

しかし今回の相手はエゲレス人だ。

何かを聞こうにも、言葉がわからない。

奴らが何かを話したとしても、意味が判るはずもない。

言葉が通じねば、ただいたぶるだけで拷問にはならない。

お奉行が通訳として雇った山田駒之助なる人物が来たとして、左内にはどうすればよいのか想像がつかない。

拷問は理性を超えた、狂気のなせる業なのだ。

捕り方以外の部外者がいるところで、拷問などできるはずがなかった。

「よいか、俺が戻ってくるまで何も聞かず、こやつらを順番にいたぶれ」

左内はそれだけいうと、牢屋敷をあとにした。


昼から始まった良仁堂の宴だったが、夕刻、迎えに来た十丁余りの駕籠の到着によってお開きとなった。

流石に門前の野次馬は姿を消していたため、酔いのせいか妖艶さを増した役者たちだったが、大きな騒ぎになることもなく次々と駕籠に乗り込んだ。

「駒之助、お主は残れぬか」

駕籠に乗り込もうとする駒之助は、虎庵の声に振り返ると、

「待ってました。今宵は朝まで飲むか。駕籠屋、そういうわけだ、すまねえな」

駒之助はそういって、駕籠の中に小判を一枚投げ入れた。

「おいおい、豪勢なこったな」

虎庵は足元をふらつかせる駒之助の肩を抱いた。

「虎庵様、こいつはウワバミです。もう、酒がありませぬぞ」

桔梗之介も足元をふらつかせながら、駒之助の肩を抱いた。

「よけいな心配はするな。すでに吉原から一斗樽が届いておる。今宵は死ぬまで飲み明かそうぜ」

風魔の十代目を襲名して一年、佐助や愛一郎たちと数え切れぬほど酒を飲んだ。

若者との酒席は楽しく、彼らの夢や悩みを聞きながら飲む酒は旨かった。

だが、どれほど酒席を重ねようと、彼らが部下で虎庵が統領である立場の違いは変わらない。

浴びるほど酒を飲み、全身に酔いが廻っているにもかかわらず、どこか頭の片隅が醒めているような飲み方は、時に疲れを増すことがある。

だが桔梗之介と駒之助を相手に、上海やルソンの思い出話を肴に飲む酒は理屈ぬきに旨かった。

5

「虎庵先生、あんた、エゲレス語もぺらぺらだったよな」

翌日の夕刻、庭先に突然現れた木村左内は、いきなり切り出した。

思いつめたような左内の眼の下には青い隈ができ、肌は脂が抜けてかさかさになっている。

「どうしたい、来るなりいきなり。いま、酒を用意させるから、まあ上がれや」

虎庵は長椅子に腰掛け、愛用の銀無垢の煙管をくわえた。

昨夜の酒が残り、頭の芯がズキズキと痛んだ。

「かたじけない。だが、今日はそうもしてられねえんだ」

左内は虎庵に背を向けるようにして縁側に腰掛けた。

「そうか、で、話はなんだ」

「昨夜、幕府が派遣した討伐隊が、エゲレス兵を五人ほど無傷で捕縛してきた」

「ほう、お手柄じゃねえか」

「御庭番、伊賀組、甲賀組、総勢三百名が出陣し、戻ったのは二百名余り。エゲレス兵百名を討伐するのに、ほぼ同数の手練が犠牲となった」

「幕府側の指揮官は、褒められたもんじゃねえな」

「黒い肌の男たちが夜陰に乗じて忍び寄り、至近距離からいきなり鉄砲を発射してきたかと思うと、あっという間に闇に紛れる。不気味な声を上げながら夜襲につぐ夜襲。討伐隊は恐怖のどん底に落とされたそうだ」

夜間に行う黒い肌の異国人との戦闘は、かなり夜目の利くものでも発見は難しく、白い肌の異国人の百倍も難しかった。

「気の毒な話だが、エゲレス兵はほとんど白人で、それほど黒い肌の異国人がいるとは思えぬがな」

「十名程度の小隊に分散していた敵を次々と襲い、百名近くの異国人を殲滅したそうだが、大半が肌の黒い男たちだったそうだ」

「丹沢で確認された連中は、その後、音沙汰無しかい」

「殺った人数からいうと、丹沢で発見されたことを知った連中が、小隊に分散して移動したってことだろう。それはさておき虎庵先生よう。これから奉行所まで付き合ってもらえねえか」

「藪から棒に、なんだ。奉行所が俺になんの用でい」

「昨夜から、捕縛した異国人へのお調べが始まった。山田駒之助というお奉行の雇った男が通訳をしているはずだが、俺は先生に通訳をして貰えねえかと思ってな」

左内はようやく本音を口にした。

「山田駒之助のエゲレス語は達者だぜ。俺でなくても十分役に立つはずだ」

「先生、そういうことじゃねえんだ。あの温厚なお奉行がだな、どんな手を使っても奴らに目的を吐かせろというんだ。だがな、人は拷問で責めれば口を割るってえもんじゃねえんだ。限界を超えた苦痛と恐怖は、人間の心を壊し、終いにゃ苦痛で気がふれて死ぬ。そうなる前に助かりたい、楽になりたいと思うから平気で嘘をつく」

左内は背中を丸め、力なく項垂れた。

昨夜から続く寝ずの拷問に、左内の精神も限界に達しているのだろう。

「今はどんな感じなんだ」

「昨夜から、肌の黒い一番丈夫そうな男を責め続けている。一晩中、男があげ続けた悲鳴で、一番若そうな白人が嘔吐を続けている。そりゃそうだ、黒い肌の男は激痛に泣き叫び、何やら喋り続けているが、俺たちには意味がわからねえ。奴らにしてみれば、ただ虐待を受けているだけで、何をいってもわかってもらえねえと思っているはずだ」

「わかった、そういうことなら付き合ってやろうじゃねえか」

虎庵は立ち上がった。

絽の羽織を引っ掛けると縁側を跳び降り、左内の肩を軽く叩いた。

「ほ、本当か。かたじけない。先生、一生、恩にきるぜ」

左内は弾かれたように立ち上がり、虎庵の前に立った。


夕刻、遠くで蜩が物憂げに鳴いていた――。

異人への責めも一息ついたのか、南町奉行所の牢屋敷は水を打ったような静けさに包まれていた。

左内に案内されるままに牢屋敷に入った虎庵は、異人たちの体臭と血の匂い、汚物の匂いがない交ぜになった異臭に咽せた。

「おう、虎庵先生ではないか」

神経に障るような軋みを上げて牢の扉が開くと、中から姿を現わした山田駒之助が驚いたようにいった。

左内は黙って頭を下げた。

「どうだ駒之助、奴らはなにか喋ったかい」

「喋ろうにも、奴らは何も知らんぜよ。奉行所の連中の話では、奴らはエゲレスの兵隊ということじゃが、とんでもない。シーウルフという輸送船の船員と奴隷ぜよ」

「輸送船？　軍船ではないのか」

左内は色めきたった。

「木村様、とりあえずここを出ませんか。臭くていけねえや」

「それは失礼した。おふたりとも、どうぞ、こちらに」

左内は牢屋敷を出ると、ふたりを奉行所の母屋に案内した。

「この部屋は涼しくてよい塩梅じゃ。で、先ほどのシーウルフじゃが、持ち主はエゲレス人のロンドンに住むチャールズ卿という人物で、軍船でもなんでもないぜよ」

　駒之助は手拭で額の汗を拭った。

「香港から高山に向かい、エゲレス艦隊と合流して琉球に向かったというのは？」

　虎庵は雅雅の話を確認した。

「ほう、詳しいではないか。確かに高山でエゲレス艦隊二隻と合流し、琉球に向かう途中で嵐に遭うたそうじゃ。二日続いた嵐が明けたときには、シーウルフは帆柱が折れ、大きな美しい山、ようするに富士山じゃな。その富士山が見える海を漂流しているうちに座礁して沈没。その場所が浦賀ということじゃな」

　駒之助の話は雅雅の話と完全に一致していた。

「シーウルフにはエゲレス兵が乗っていたはずだが。奴らはどうしたのだ」

「完全装備のエゲレス兵が、百人乗っていたそうぜよ。奴らは座礁すると、すぐに小舟で上陸したそうじゃ。ここにいる連中はシーウルフの乗組員と艪手の奴隷じゃ」

「人数は」

「エゲレス人船員が二十名、黒人奴隷が九十名じゃから、合計百十名じゃが上陸する際に奴隷が何人か溺れ死んだそうぜよ。上陸してからは、十人程度の組に分かれて行動していたようだが、高山から琉球に向かった理由も判らないし、エゲレス兵が乗船していた理由も聞いていないそうじゃ」

「喋ったのは白人か?」

「ああ、まだ十八歳の見習い船員だ。嘘をいっているようには思えんぜよ」

「木村の旦那、聞いた通りだ。残念だが、幕府の討伐隊が殲滅したのはエゲレス隊ではなく、シーウルフ号の船員と奴隷たちだ。これ以上、責め苦を与えても何も出てこねえだろう」

「そのようだな。俺は早速、お奉行に報告してくる。山田殿と先生はもう結構ですので、自由にしてください」

「木村の旦那、俺は白人の船員に、ちょっと聞きたいことがあるので牢に戻る。用が済んだら勝手に帰るので気にしねえでくれ」

「虎庵先生。そういうことなら儂も同道するぜよ」

そういって駒之助が立ち上がると、左内と虎庵も立ち上がった。

虎庵は駒之助を従え、牢屋敷に向かった。

「駒之助、奴らは他に何かいってなかったか」

「エゲレス兵の隊長はジェレミーゆうてな、船に積み込まれた兵站の中に、大量のアヘンがあったそうぜよ」

「アヘン?　そんなものを軍隊がどうしようってんだ」

「儂に聞かれても困るき」

「そりゃそうだな。で、船員はどいつだ」

「その一番手前の牢にいる奴だ」

虎庵は懐から取り出した小判を牢番の着物の袖に突っ込んだ。

牢番はニヤリと笑い、一番手前の牢の扉を開けた。

虎庵と駒之助がゆっくりと牢内に入ると、横たわっていた白人の船員は怯えた表情で後ずさった。

『心配するな、俺は医者だ』

虎庵の喋る流暢な英語に、船員は安堵の表情を浮かべた。

『お前は、山の中で五組の子連れを襲い、赤子まで皆殺しにした奴を知らぬか』

虎庵の質問に、駒之助は首を傾げた。

だが白人青年は、明らかに怯えた表情を見せていた。

『なにもしねえから、本当のことを教えてくれ』

白人青年は虎庵の言葉に安心したのか、小さく頷いてから口を開いた。

『浜辺に上陸した翌日、山中で五人の男と、赤ん坊を抱いた五人の女を発見しました。私たちは、沈没直前に着の身着のままで脱出したので食料もなく、奴隷たちは苛立っていました。私は止めたのですが、彼らは直ぐに銃で男たちを撃ち殺し、女たちをレイプした後……』

『そこにいる奴隷どもが、赤子と一緒に殺したんだな』

顔を涙でぐしゃぐしゃに濡らした青年は、小さく頷いた。

「虎庵先生、何がどうしたというんじゃ」

駒之助は怪訝そうな顔で聞いた。

「なに、どうってことねえんだ。よし、帰るとするか」

虎庵はそういうと、駒之助の背中を押して牢屋敷を出た。

奉行所の門前には、左内が用意した駕籠が二丁待っていた。

「駒之助、どうする、そこらで一杯やるか」

「いや、昨夜の酒がいまだに抜けとらんき、今日のところはこのまま浅草に帰ることにするぜよ」

「そうか、俺もじつは二日酔いだ。今夜は互いに帰るとするか」

虎庵は駒之助に右手を差し出した。

駒之助はその手をきつく握った。

上海暮らしの時には当たり前だった握手が、妙に懐かしかった。

虎庵は駒之助と別れの挨拶を済ませ、駕籠に乗り込んだ。

「駕籠屋、下谷広小路の良仁堂に行ってくれ」

駕籠かきは返事をすると、直ぐに走り出した。

幕府の討伐隊が殲滅したのは、やはりエゲレス隊ではなかった。

ジェレミーとかいうエゲレス隊の指揮官の思惑通り、相模の山中に散った船員と奴隷の山賊行為を幕府はエゲレス兵によるものと勘違いし、十日もの時間を与えてしまっていた。

十日前、丹沢に姿を現した百名ものエゲレス兵の行方は、風魔の情報網を使ってもようとして掴めない。

奴らはいったい、どこに雲隠れしたというのか。

しかも駒之助の話によれば、エゲレス兵は大量のアヘンを運んでいる。

おそらく、大半は船とともに海の藻屑となったはずだが、なぜそんなものを運び込もうとしているのか。

シーウルフ号とともに、高山から琉球に向かった二隻のエゲレス艦隊は、今どこで何をしているのか。

雅雅が担ぎ込まれてから一月近くが経過し、幕府は百名に及ぶ忍びと御庭番を犠牲にし、シーウルフの船員と奴隷の大半を殲滅し、五名を生け捕りにした。

にも拘らず、エゲレス兵が上陸した理由はもちろん、その居所すら掴めないでいることに虎庵は苛立っていた。

亀十郎の子供を初めとする、風魔の犠牲は十五人。

幕府が生け捕りにした五人が、その下手人だったというのは奇遇だが、仇を討とうにも奴らが奉行所に捕らえられていたのでは、下手に手を出すことはできない。

問題は十五名の仲間を殺されたからといって、その復讐以外に風魔が動き出す義があるかどうかだ。

どこかに身を隠したエゲレス兵がこのまま山賊と化せば、箱根山中を跋扈していた妖鬼党と変わらない。

それなりの被害は出るであろうが、問題の解決は幕府の仕事であり、風魔がしゃしゃり出る理由は無い。

戦闘訓練を受けていないシーウルフの船員と奴隷ですら、その戦力は幕府の忍びと御庭番が、同数の犠牲者を出さなければならないほど強力なのだ。

殺された十五人の風魔の復讐をエゲレス兵にまで拡大すれば、風魔にもそれなりの犠牲者を覚悟する必要がある。

駕籠に揺られながら、まとまらぬ考えに苛立つ虎庵の耳に、遠くで鳴る半鐘の音が聞こえた。

「駕籠屋、火事はどっちでえ」

「へい、西の空が赤く染まっていますが、かなり遠いようです。内藤新宿の向こうですから、中野あたりじゃねえですかねえ」

「そうか」

今年はこれで四度目の大火となりそうだ。

江戸の火事など珍しくもないが、火付盗賊改めは何をしているのか。

木村左内の話では、すでに三度の大火で五万以上の家屋敷が消失したというのに、四度目というのは異常だった。

「エゲレス兵と関わりがなければいいが……」

何の根拠も無いし、単なる勘に過ぎない。

だが、心をざわつかせる嫌な予感が、虎庵には鬱陶しく感じられた。

第三章　逆襲

1

八月晦日の夕刻、エゲレス兵の足取りを追っていた獅子丸と御仁吉が、良仁堂の庭先に姿を現した。

エゲレス兵の調査を命じてから、すでに二十日近くが経っていた。

「お頭、大変です。昨夜、八王子の八幡三宿の民が一夜にして消失しました。まるで神隠しにでもあったように、建物はそのままなのに宿場の町民や農民、牛馬、鶏まで忽然と姿を消したそうです」

庭先に片膝を突いた獅子丸は、よほど急いできたのだろう、肩で息をしながら早口でいった。

「八王子の宿場町が消えただと」

圧政と高い年貢に苦しむ農民が、一揆を起こすこともできずに村ごと姿を消すことは珍しいことではない。

そういう農民の多くは、幕府の手の届かぬ山間奥地に身を潜め、山窩として新たな暮らしを始めた。

慣れぬ山中で棚田を作り、畑を耕す暮らしは楽ではないが、年貢の取立てに追われない分、気楽であることは確かだった。

虎庵が腕を組み、天井を見つめた時、木戸の向こうから佐助の声がした。

「お頭、風魔の里から幸四郎が戻りました。それと風魔谷の最長老が一緒です」

虎庵が振り返ると身の丈五尺三寸、やけに背筋の伸びた老人が立っていた。

「お頭、初めまして。風魔谷の左平次にござりまする」

銀色の総髪をなびかせた、品の良い老人はその場で平伏した。

「風魔谷の最長老……これはこれは、遠いところ、ご苦労をおかけいたしました。本来なら私が訪ねねばならぬのに」

「いやはや、風魔谷から小田原に抜け、小田原からは船でまいりましたが、流石にこの爺には難儀な旅でございました」

左平次は血色の良い顔に、満面の笑みを浮かべた。

「佐助、例の部屋に皆を案内せい。それと愛一郎にいって、食事と酒の用意をさせるのだ」

「はい」

佐助は立ち上がると、最長老に手を差し出した。

「これこれ、老いぼれ扱いするでない。大丈夫、ひとりで立てるわ」

左平次は八十歳を越える老人とは思えぬ、軽い身のこなしで立ち上がり、佐助の後に続いた。

良仁堂の地下に作られた三十畳ほどの隠し部屋には、上海から持ち込まれた漆黒の巨大な卓がしつらえられていた。

壁には徳川家康より下賜された、天下御免の筆架叉がかけられている。

虎庵は天下御免の筆架叉を背にして座り、右手に左平次、佐助、幸四郎、愛一郎の順に座った。左手には御仁吉、獅子丸、桔梗之介、亀十郎が順に座った。

「今回のエゲレス兵上陸の件については、皆もいろいろ聞き及んでいるだろう」

「ははっ！」

一同は一斉に頭を垂れた。

「昨夜、俺は木村左内に頼まれて南町奉行所に行き、幕府討伐隊が相模国山中で殲滅した異国人の生き残り五名と対面した。奴らは浦賀沖で沈没したエゲレスの商船シーウルフ号の乗組員一名と、艪手四名に間違いなかった。船員の証言によれば百名を越えるエゲレス兵が、完全武装で浦賀に上陸したことも間違いないのだが、奴らは丹沢で幕府八州廻りの手の者に目撃されて以来、完璧に足取りを消している」

虎庵は、昨日知った事実を説明した。

「やはりのう。殺された異人たちは、エゲレス兵が目的地に到着するまでの囮ということじゃな。我が同胞を襲った手口を見ると、大方、ならず者か船の艪を漕ぐための奴隷たちじゃろう」

俯いたまま話す左平次に、虎庵は意外そうに目を向けた。

「長老のいう通り、肌の黒い男たちは艪手の奴隷だ。しかも、現在、南町奉行所に捕らえられている艪手たちこそ、我が同胞十五名を殺害した下手人だ」

虎庵は左側の奥で、俯いたまま話を聞いている亀十郎の様子を窺った。

我が子を殺した下手人の正体が判明し、居所が掴めた以上、すぐにでも報復に出るのが風魔だ。

しかし、亀十郎は眉ひとつ動かさず、卓の一点を見つめたままだ。

「お頭が会った船員は、エゲレス兵たちの居所や目的について話しましたかな」

「いや、長老。船員はまだ若くてな、エゲレス兵については司令官の名がジェレミーということと、船内に大量のアヘンを積んでいたこと以外、何も知らなかった」

「そうでしょうな」

「長老はエゲレス兵について、何か心当たりがおありか？」

「お頭は高尾山をご存知か」

「ああ、名前だけだがな……」

左平次の唐突な質問に虎庵は頷いたが、浦賀に上陸したエゲレス兵の話をしているときに、いきなり高尾山の話をする左平次の真意がわからなかった。

「百年ほど前、幕府の外交顧問として雇われた、エゲレス人のことはご存知か」

「三浦按針のことですか」

「さすがお頭じゃ、それなら話が早い。じつは百年ほど前、徳川家康は三浦按針に、武田信玄の隠し金山調査を命じたことがございます」

「武田の隠し金山？」

「甲府徳川家の隠密と三浦按針が、エゲレスから呼び寄せた鉱山技師たちとともに、極秘裏に隠し金山の調査をしていたのです。ところがその動きを武田透波の残党に察知されてしまいましてな、鉱山技師は惨殺されて金山も見つからずじまいでした」

「それが高尾山とどうつながるのだ」

「三浦按針は、高尾山の坑道への入り口を偶然発見したのです」

「高尾山に坑道？　あの山に金脈などありそうも無いが……」

虎庵は首をひねった。

「お頭のいうとおり、高尾山は金山ではありませぬ。ですが三浦按針は、地下の坑道であるものを発見したのです」

「やけに話をもったいぶるではないか。あるものとはなんだ」

「武田の地中城と隠し金二千五百貫、信玄の黄金の棺……」

左平次の答えに、一同は顔を見合わせてざわついた。

「高尾山にそんなものが隠されていたのか」

「はい。三浦按針から話を聞いた家康は、隠し金と棺を運び出した後、落盤事故を装って甲府徳川家の隠密と人足全員を生き埋めにしました」

「何とも酷え話だな。だが長老、家康はなぜ三浦按針も葬らなかったのか」

「幸四郎、さすがにお頭は違うのう」

長老は幸四郎を一瞥して微笑みながら話を続けた。

幸四郎はばつが悪そうに頭をかいて背中を丸めた。

「三浦按針は、発見した金塊と棺とは別に、もう一本、黄金が隠された坑道を発見していたのです」

「なるほど、三浦按針は、その情報を材料に家康と取引をしたのか」

「左様でございます。それを証拠に家康は、奴を殺すどころか旗本として相模国三浦郡逸見に、二百五十石の領地と江戸に屋敷を与えました。そしてこの年、家康は駿府の金座を江戸に移し、小判鋳造を本格化させたのです」

左平次はぬるくなった茶を美味そうにすすった。

「だが長老、家康はそれからわずか四年後に死んだはずだよな。しかも三浦按針が平戸で病死するのは、さらに四年後のことだ。別の黄金はどうなったんだい」

「家康は黄金のありかを聞き出せぬまま、高尾山は手厚く保護せよという遺言を残して亡くなりました」

「三浦按針が平戸で死んだということは、エゲレスとの通商交渉をしていたはずだ。そこで病死というのも妙な話だな」

左平次は虎庵の小気味良い反応が嬉しかった。

虎庵の父、九代目風魔小太郎も中々の人格者ではあったが、虎庵の統領としての才と貫禄は、遥かにそれを凌駕していた。

「しかし長老、いまも高尾山中に、武田の黄金が眠っているという証拠は有るのか」

「判りませぬ。しかし五十年ほど前に、此度と同じような事件が起きたのです」

「百年前の次が五十年前か……」

虎庵は長老の語るカビの生えた話に、いささか困惑を覚え始めていた。

「お頭、五十年前、同じように浦賀に上陸した、エゲレス兵と戦ったのは風魔なのですぞ」

「風魔がエゲレス兵と戦ったたって？」

「はい。日本との貿易をオランダに独占されていたエゲレスは、延宝元年（一六七三）、幕府が発行した朱印状を盾にしてエゲレスへの海禁を解かせ、通商再開するよう求めてきたのです」

「その件は大老酒井忠清が、エゲレスの一方的な通商中止を理由に、一蹴したはずではないのか」

「エゲレスが通商再開要求の盾にしたのは、朱印状だけではなかったのです。奴らは此度と同じように、十日ほど前に密かに兵を上陸させ、高尾山を根城にして甲州街道沿いの宿場に出没しては、放火に強盗、強姦に誘拐と、悪事の限りを尽くしたのです。江戸はその五年前に大火に襲われ、その後、この国は全国的に天変地異に襲われました。江戸もようやく復興したばかりでしたから、もしここでエゲレス兵に、江戸に放火でもされたら大変なことになります。酒井忠清は苦悩の末、風魔の七代目に頭を下げ、高尾山に潜むエゲレス兵殲滅を目論んだのです」

「ようするにエゲレスは三浦按針より、高尾山に隠された武田の隠し金の存在を知らされていた。その金の発見と通商再開を天秤にかけ、江戸城下を人質にしたというわけか。だが長老、風魔に義はあったのか？」

「江戸の大火の後、この国は西も東も天変地異や大火に見舞われ、幕府の金蔵も米蔵もすっからかん。もし、エゲレスの要求を飲まずに江戸が火の海になれば、もはや幕府は崩壊しかありませんでした」

「そうなれば、再び戦乱の世に戻るしかねえか」

「オランダやエゲレスの傀儡となった大名が殺し合い、最後は勝った側の後押しをした国の植民地にされるのは必定」

「義を考えるまでもねえか」

「幸いにもエゲレス軍は、高尾山の地下城に通じる入り口を発見できず、高尾山薬王院を根城にしておりました。丸二日に及ぶ激戦の末、風魔はエゲレス軍を殲滅したのです」

「なるほど、特使がエゲレス兵上陸から十日余りで通商再開交渉に入ったのは、風魔に高尾山の全軍を殲滅させられ、矛先を貿易再開に切り替えたということか」

「はい、しかし風魔によるエゲレス兵殲滅の報を受けた酒井忠清は、強気の交渉に出て……」

「通商再開を拒否した」

「はい。先ほどの八王子の八幡三宿の一件がエゲレス兵の仕業だとすれば、エゲレス兵が上陸してすでに一ヶ月以上」

「その間、姿を見せていないということは、ついに坑道と武田の隠し金を発見したということか」

「その報を受けたエゲレス艦隊が、発見した武田の隠し金を運び出すために、そろそろ江戸湊に姿を現す頃かと思うのです」

左平次の話は衝撃的だった。

エゲレス兵が上陸したのは五十年前と同じだが、状況はまるで違う。

前回は上陸から十日余りで姿を見せたエゲレス艦隊が、今回はかれこれ一ヶ月以上経つというのに姿を見せていない。

左平次のいう通り、エゲレス兵が武田の隠し金を発見したとも思えるが、五十年前に朱印状を取り上げられている以上、今回、門前払いを食らわされたら、艦隊が隠し金を積み終えるまでの時間稼ぎもできない。

「今回のエゲレス軍上陸の本当の目的は、武田の隠し金の強奪か」

「その後の通商交渉は、行きがけの駄賃にすぎませぬ」

「長老、もしエゲレス兵が武田の隠し金を発見していたとしたら、船で相模川を下って平塚沖に出るか、玉川を下り川崎沖あたりで軍船に積み替えようとするだろうな」

「はい。相模川を選んでくれれば、あのあたりは風魔の庭も同然です。川下りの途中で敵船を襲い、隠し金を横取りした上で皆殺しにしてやりましょうぞ。しかし……」

「しかし、どうした」

「お頭、相模川を使うなら敵艦隊は江戸に姿を現さず、夜陰に乗じて金塊を積み込んで帰国してしまいましょう。しかし、エゲレス艦隊ともあろうものが、そのような盗人同然のことをするでしょうか」

「そうだな。まずは江戸の近くに姿を現して威嚇する。幕府はエゲレス艦隊来航の真意をはかるために浦賀奉行を派遣する。そして艦隊に対して浦賀での停泊を要求するだろう」

「まさにご明察ですな。幕府にしてみれば、エゲレス艦隊が川崎にいられたのでは、いつ江戸表に砲撃されるやもしれませぬ。ではエゲレス艦隊が浦賀沖で座礁、沈没した船の乗組員の引渡しを幕府に要求してきたらいかがします」

「乗組員は幕府の百人隊に殲滅され、生き残りの五人は南町奉行所の牢の中だ。幕府は知らぬ存ぜぬでしらを切るだろう」

「しかし高尾山に潜伏しているエゲレス兵も、全て生き残りでございます。艦隊と幕府の交渉の最中に、高尾山に潜伏する兵士のうち四、五人が江戸に姿を現せば、幕府はしらを切れませぬ。幕府は百名もの乗組員を殲滅してしまった以上、エゲレスとの交渉の座につくしかありませぬ」

「そこで時間を稼ぎ、別働隊が江戸市中に火をかける。火事のどさくさに紛れて、隠し金を積み込んだ船は玉川を下り、軍船への積み込み作業を終えたら兵士全員で奉行所に出頭する」

「はい。そうなれば消火作業でてんてこ舞いの幕府は、エゲレスとの交渉どころではありません。即座に兵士を引き渡し、即時帰国を要求するでしょう」

「エゲレス艦隊は兵士と隠し金を積み込み、堂々と帰国できるというわけか。ならば、エゲレス艦隊が姿を現す前に、潜伏しているエゲレス兵を殲滅する必要があるということか」

虎庵は腕を組み、大きなため息をついた。

そうはいっても、風魔がエゲレス軍と一戦交えたのは五十年も前のことだ。

エゲレス兵が高尾山の地中に潜伏しているとしても、どうやってその場所を突き止めたらいいのか。

虎庵はこれという妙案が浮かばぬまま、時間だけが過ぎていった。

隠し部屋の木戸の外で声がした。

「お頭、居間に夕餉の支度ができましたので、いつでもお申し付けください」

愛一郎の声だった。

「長老、いまここで考えていても始まりませぬ。いかがでしょう、ここらで食事にしませんか」

「それはそれは、かたじけない。ありがたくご相伴にあずからせていただきましょうかな」

左平次のひと言で、張り詰めていた隠し部屋内の空気が一気になごんだ。

2

虎庵たちの夕餉は異常な盛り上がりを見せた。

風魔の里の最長老が、次々と語る幼かった佐助や幸四郎、御仁吉たちの行状に、皆、腹を抱えて大笑いした。

「それにしても、獅子丸のような助平も困り者ですが、佐助の堅物ぶりには手を焼きました」

「長老、その話は勘弁してくだせえっ！」

佐助は弾かれたように土下座した。

「佐助、俺は風魔の里のことを何も知らねえんだ。長老、佐助の堅物ぶりってやつをぜひ教えて下され」

虎庵は左平次に催促した。

「お頭、風魔の里では、おなごの色仕掛けにかからぬための修行があります」

「ほう、そいつは楽しみだな」

「二十人ほどが道場で座禅を組んでいる時に、素っ裸のおなごが誘惑に行くのですが、獅子丸なんぞはいの一番で股ぐらを押さえながら、道場を飛び出てきたものです。ところが、皆が我慢できずに次々と道場を飛び出す中、おなごが手をとって乳や女陰を触らせようが、顔の前で女陰を開こうが、最後まで微動だにせぬ男がおったのです」

「ほう、それが佐助か」

「はい、心配になって佐助のもとに行ってみると、この男は鼻の穴から二筋、大量の血を流し、股間をかちかちに強張らせたまま気絶しておったのです」

左平次の身振り手振りを交えた話しっぷりに、室内は笑い声に包まれ、獅子丸と愛一郎は腹を抱えながら床を転げまわった。

危うく縁側から落下しそうになった獅子丸が、庭先で妖しげな気を放つ影に気付き、身構えた。

獅子丸の発する気は、居間で笑い転げていた全員に伝播し、一瞬にしてあたりを凍りつかせた。

「お客人か。ご機嫌なところ、すまねえなあ」

声の主は南町奉行所与力木村左内だった。

エゲレス兵の上陸が確認されたひと月前、「戦が出世の道具でしかない武士に、この国を、民を護れるか」という虎庵の問いに、正面から反発した左内だった。

しかしその後、幕閣の重鎮たちが見せた弱腰、保身にまわり何事も決められず、先送りで責任逃れをする卑怯、前線で矢面に立つ兵を人間と思わぬ非情さは、左内の心の奥底に大きな陰を作っていた。

「どうしたい、こんな時間に。やけに浮かねえ顔をしやがって。まあ上がれや」

左内に左平次を紹介する理由は無かった。

「実はな、一刻ほど前、品川沖に二隻のエゲレス艦隊が現れた」

「品川沖だと？」

座敷に上がった左内のひと言に、その場にいた全員が息を呑んだ。

虎庵は酒を並々と注いだ茶碗を左内の前に突き出した。

左内は無言で茶碗を受け取ると一気に呷った。

喉をごくごくと鳴らし、口元から溢れた酒が襟元を濡らした。

「先生、あんたのいった通りだ。城内は蜂の巣を突いたような騒ぎだそうだ。それから、八王子の八幡三宿から三百人もの町民と農民が忽然と姿を消した。いったい、何がどうなっているのか……」

左内は酒で濡れた口を袖で拭い、吐き捨てるようにいった。

「お奉行はどうしているんだ」

「どうもこうもねえよ。今はエゲレス軍の艦砲射撃に備えて、町火消しどもに非常態勢をとらせろってよ。そんな閑があったら、エゲレス艦隊を沈めちまえってんだ」

「お前さんに付き合ってやりたいが、今宵は客人が来ている。済まぬが今日のところはこれでも持って帰れ」

虎庵は一升徳利を差し出した。

「ありがとよ」

いつに無く、しおらしい態度で徳利を受け取った左内は、亡霊のような影の薄さでその場を去った。

「長老、どうやらこうしてはいられませぬな。腐れ果てた武士の世、はたして護ることに義が有るや無しや。ここはひとつ幕府のお手並み拝見といこうではないですか。この江戸に無言で大砲をつきつける無頼の輩に、文治の理想論など無力。されど私利私欲に走り、戦を忘れた腐れ武士の武断もまた無力。はたして将軍様の見せる膂力はいかなるものか。これは見ものですぞ」

虎庵は不敵な笑みを浮かべた。

「お頭、どうせ奴らの目的は武田の隠し金。艦隊が品川沖に姿を現した以上、玉川を下らねば艦隊に積み込めませぬ。玉川流域での戦闘準備は怠りのないように」

「そうだな。ところで長老、風魔の里から出陣は可能ですか」

「里の男といっても、子供たちと老人ばかりでございます。しかし丹沢山中に配した山窩《さんか》は……」

「えっ？　山窩も風魔なのですか」

「正確にいえば、風魔の配下といったところでしょう。彼らは大小二十余りの集落を作り、戦闘に加われる者は五百を下りますまい。ただし、彼らはいささか乱暴に過ぎるところがありますがな」

「乱暴で結構。他国への武力侵略を続けるエゲレス兵など斟酌に値しませぬ。それでは高尾山界隈は山窩に任せ、江戸から送り込んだ百名は武蔵府中宿に移動させ、玉川での戦闘に備えさせましょう。幸四郎、早速で悪いが風魔の里に戻ってくれ」

「はい。長老はいかがいたしますか」

「長老はしばらく、久しぶりの江戸で英気を養ってもらう」

「それでは儂は、お頭の言葉に甘えさせてもらおうか。幸四郎、こんなこともあろうかと思い、山窩の村長の冬九郎《とうくろう》には山窩への根回しを指示しておいた。すでに一部のものは高尾山付近で坑道への入り口を探しているはずじゃ。お前は冬九郎に、お頭の考えをを説明してやってくればよい」

「かしこまりました。それではっ」

幸四郎は返事をするやいなや、すぐさま足柄へと向かった。

「それでは長老、そこにいる鼻血野郎の武勇伝でも肴に、宴の続きとまいりますか」

席に着いた虎庵は、照れくさそうに頭をかく佐助の肩を軽く叩いた。

行灯の薄明かりに浮かんだ三人の武士は、一様に無言で腕を組み、眉間に深い皺を刻んでいた。

せわしなく顎をさすっては、剃り残しの髭を何度も引き抜いては、顔をしかめていた大岡越前が口を開いた。

「上様、品川沖のエゲレス艦隊は、すでに幕府が所有する特殊軍船一隻と御用船五隻が包囲しておりますが、なんら動きを見せませぬ」

「特殊軍船？」

吉宗は聞きなれぬ言葉に顔を上げた。

「安宅丸でございます」

「安宅丸だと？　あの船は家忠公が豪華な装飾にこだわるあまり、大艪百挺を使っても進まぬほど重くなった盆暗船と聞いておる。たしか奢侈引き締め政策で、廃船にされたはずではないのか」

「安宅丸は龍骨の長さが百二十五尺という巨船で、元々江戸湊に浮かぶ水上要塞として建造されました。しかし、上様が仰せの通り装飾ばかりで重くなり、ふたり掛かりの櫓が百挺あるにもかかわらず、ろくに航行できぬ有様でした。そこで幕府では、江戸で有事の際、上様の海上避難用軍船となるよう、龍頭や天主などの無駄を一切廃して軽量化をすすめ、鋼板による防備力を向上させました。船腹には十門のオランダ製大砲を備えた、最新鋭の軍船に仕立て上げたというわけです」

「ほう、そのような船があるとは知らなんだわ。だが、エゲレスの最新軍船を相手では手も足も出るまい。幽齋、足柄で目撃したエゲレス兵の足取りは掴めたのか」

「はい、それが大垂水峠を越えたところまでは確認できましたが、高尾山を目前に忽然と姿を消しました」

津田幽齋は腕を解き、膝の上で拳を握った。

「百名の兵士が忽然と消えたか。やはりな……」

「上様、やはりとはいかなる意味ですか」

「五十年ほど前、エゲレスが通商再開を求めてきた際、此度と同じようなことがあったそうだ。エゲレス軍は幕府との交渉の前に密かに軍隊を上陸させ、交渉の際、酒井忠清に色よい返事をよこさねば、江戸を火の海にすると脅した。もっともその時は、高尾山薬王院に籠城していたエゲレス兵を風魔が殲滅し、事なきを得たそうだがな」

吉宗はしきりに顎をさすっては、首を傾げる大岡越前が気になった。

「どうした、忠相。何か気になることでもあるのか」

「上様、此度のエゲレス兵ですが、上陸して直ぐに妖鬼党という異人の山賊を殲滅しております。八州廻りの報告では、妖鬼党は遭難したオランダ商船の乗員が、野盗化したものと聞いておりますが、なぜ三十名を越える妖鬼党を殲滅させる必要があったのか。それが気になっておりまする」

大岡は顎をさするのを止め、姿勢を正した。

「越前殿、妖鬼党については根来衆も追っておりました。元は足柄山中を根城にしておりましたが、もめ事を嫌う足柄の風魔に、追い立てられるように丹沢山中に移動し、やはり大垂水峠あたりで忽然と姿を消したのです」

「幽齋殿。エゲレス軍は妖鬼党の根城を奪ったとは考えられませぬか。エゲレスが日本との通商を中止したのも、元はといえばオランダとの戦闘が原因。エゲレス兵にしてみれば、妖鬼党は仇敵でございまする」

「越前殿のいうことももっともですが、百年も通商が途絶えていたエゲレスです。浦賀に上陸してすぐに、どうやって山中に潜む妖鬼党を見つけ出すのです」

「それはたしかに……」

「妖鬼党にしてみても、一党は三十名余り。百名を越える完全武装のエゲレス兵と、正面から一戦を交えるとは思えませぬ」

津田幽齋は大げさに首を左右に振った。

「鎌倉で発見された妖鬼党の骸は、皆全身に銃弾が打ち込まれた蜂の巣状態でした。

そのようなことは、野戦状態では考えられませぬ。妖鬼党は待ち伏せしていたエゲレス兵に総攻撃を食らった。あるいは罠にはめられた」

「越前殿、問題はそこじゃありません。嵐で座礁した船から避難したエゲレス兵と、仇敵であるオランダ人の妖鬼党が出会うのは、偶然に過ぎるといっているんですよ」

苛立たしげに話す津田幽齋の声に、大岡越前は口をへの字にすると、せわしなく顎をさすり始めた。

「幽齋、そう気を立てるな。エゲレス側の何者かが妖鬼党に内通し、エゲレス兵上陸の報を伝えたとすれば、妖鬼党が確認に来ても不思議ではあるまい。だがそれが罠で、妖鬼党は待ち受けていたエゲレス兵に皆殺しにされたとも考えられぬか」

吉宗は自分なりに推理を働かせてみたが、あまりに突拍子も無い話に苦笑した。

しかし次の瞬間、俄かに胸中に浮かんだ胸騒ぎに息を呑んだ。

「幽齋、まさか……」

「はい、上様。妖鬼党をおびき出し、エゲレス兵に殲滅させたうえに、高尾山中にある妖鬼党の根城に手引きし、エゲレス兵を潜伏させたが、幕閣や大名の手の者だとしたら……」

吉宗は津田幽齋の言葉に、絶望的な気分になった。

将軍職に就くに当たり、嫌というほど味わわされた御三家と幕府内の権力闘争。

将軍として「そのようなことは有り得ぬ」といい切れぬ内情。

大権現家康の時代に回帰し、武断をもって政にあたらんとしたにも拘らず、道半ばどころか、何も変える事のできぬ己が無力さを思い知らされていた。

「上様、下手な考え休むに似たりともいいます。今この場で上様が疑心暗鬼にとらわれていかがいたします。それより五十年前、エゲレス兵は高尾山薬王院に籠城し、此度は高尾山に至る前に姿を消しました。江戸を焼くのが目的なら、もっと江戸の近くに潜伏するはず。エゲレス兵が高尾山に拘る理由はいかなることなのでしょうか」

津田幽齋は吉宗に迫った。

「高尾山に何があるのか、俺にもわからぬのだ。いずれにしろ明日になれば、エゲレス艦隊も完全包囲されていることを知る。さすれば、何らかの反応があるはずだ。昼までに動きが無い場合には、忠相が交渉役としてエゲレス船に乗り込んでくれ。幽齋は伊賀組、甲賀組とともに高尾山周辺を洗いなおしてくれ」

津田幽齋のいうことはもっともだった。

だが一度、吉宗の脳裏に浮かんだ疑惑の雲は、そう簡単に払いのけられるものでもない。

なぜならエゲレス兵の上陸が発覚して以来、吉宗が紀州より連れてきた側近以外、徳川譜代の老中、幕閣のほとんどが狼狽するばかりというのが現実なのだ。

幕府は耶楚教の隆盛を恐れ、エゲレス、イスパニア、オランダ、ポルトガルと、次々と海禁にしてきたが、キリスト教布教を伴わない貿易も可能というオランダにだけ長崎出島での貿易を許した。

だが吉宗にとっては、耶楚教弾圧は幕閣によってでっち上げられた、仮想敵国のようなもので、将軍という立場からみれば、仏教も神道も耶楚教も同じだった。

四方を海に囲まれたこの国で海禁を行ったところで、密貿易はあとを絶たない。海禁を続けることで犯罪者を野放しにするより、貿易を国益とするための管理方法を考えるのが官吏の役目だが、幕府の重鎮たちは他国にその方法を学ぼうともせず、一番楽で見て見ぬ振りをしているだけの海禁を主張した。

もしエゲレス艦隊が、五十年前と同じように通商再開を求めてきたならば、吉宗はこの機会に乗じ、エゲレスの海禁を解いてもよいとすら考えていた。

百年に及ぶ太平の世で、幕閣や大名は己が保身と権力欲しか頭になくなった奸臣に成り下がった。

そんな者たちが口にする国家や国益など、はなから信じるに値しないことを吉宗は悟っていた。

3

夜半過ぎ、けたたましく打ち鳴らされた半鐘の音で、下谷界隈は騒然となった。

大川沿いにある浅草金龍山瓦町の船茶屋から出火した火は、瞬く間にあたりを焼き尽くし、折からの南風にあおられた猛火は山谷堀を渡り、鳥越町一帯に燃え広がっていた。

大川以西を預かる町火消しいろは四十八組のうち、すでに十組ほどが現場に駆けつけて消火作業に入っていた。

そして去年から許された纏持ちを先頭に、腹掛けに股引、刺子の長半纏をまとい猫頭巾を被った江戸中の町火消しが、次々と現場に向かっていた。

余りの騒々しさに虎庵が縁側に出ると、屋根上で火事の様子を見ていた佐助が、猫のような身軽さで庭先に降り立った。

「お頭、山谷あたりが盛大に燃えておりやす」

「風は南からか、なら吉原も、このあたりも心配ねえな。佐助、それにしても今年は火事が多すぎねえか」

「そうですね。二月に牛込御納戸町から火が出た大火は酷かった。小日向、小石川、白山、日暮里と燃え広がってきた時は、あっしもかなりあせりました」

「あの火事のときは、伝通院に逃げ込んだはいいが、煙に巻かれて焼け死んだ町人が五百人近かったそうだ。ひでえ話だぜ。しかし、なんだか目がさえちまったな。佐助、一杯やるか」

「はい」

虎庵は腕に止まった藪っ蚊を叩き潰した。

まだ血を吸っていなかった蚊は潰れ、黒い点となった。

佐助が居間の木戸を開けた時、庭先に息急ききった御仁吉が姿を現した。

「どうしたい親分、そんなに慌てふためいて」

「お頭、瓦町で聞き込みをしてましたら、山谷堀端で屋台を出していた二八蕎麦屋の親父から、妙な話を聞いたんです」

「妙な話だって?」

「へい、出火する前に、船茶屋のあたりをうろつく、妙な野郎を見たってんですよ」

中腰になった御仁吉は膝に両手をあてがい、丸めた背中を大きく上下させた。

「付け火ってことか。妙な野郎ってのは……」

「着流しに二本差しの三人組なんですが、揃いも揃って六尺越えの大男だってんですよ。頭巾を被っていたから顔はわからねえんですが、三人ともやけに鼻が高くて眼が碧かったってんです」

「異人か？」

「そうとしか思えねえんですよ。で、五十年前のエゲレス兵の付け火を思い出して、すっ飛んできたというわけです」

御仁吉の息もようやく整ってきた時、佐助が酒と肴を載せた盆を長椅子の前の卓に置いた。

「御仁吉、お前も上がれや」

虎庵の誘いに御仁吉は、頭をかきながら縁側に上がり、長椅子に座る佐助の隣に座った。

五十年前、通商再開を求めてきたエゲレス艦隊は、密かに上陸させた兵に江戸市中で付け火や押し込み強盗を働かせることで、通商再開に難色を示す当時の大老、酒井忠清を揺さぶった。

広大な平野に木造の住居が密集する江戸は火に弱く、付け火に始まる小さな火事が江戸全体を焼き尽くし、大火からの復興は幕府に莫大な財政支出を余儀なくさせる。

将軍家を手玉に取り、我世の春を謳歌していた大老酒井忠清にしてみれば、エゲレスとの通商再開は、日本を近代的な中央集権国家に変貌させるかもしれない。

だがそうなれば、自分たち武家は存在そのものが危うくなる。

二者択一の危機に晒された酒井忠清は、家康との密約で江戸の裏目付けとして暗躍する風魔をそそのかし、上陸したエゲレス兵の殲滅に成功した。

そして逆にエゲレス艦隊を恫喝することで事なきを得たのだ。

尻尾を巻いて逃げ帰ったエゲレス艦隊だが、火に弱いという江戸の弱点を確認できたのと同時に、すでに徳川将軍家が実権を失っている現実、上陸させたエゲレス兵を短期間で全滅させた、幕府の武力の実態を知ることができたのは大きかった。

「エゲレスの奴らも馬鹿じゃねえということか」

「お頭、どういう意味ですか」

虎庵の独り言に御仁吉は首をかしげた。

「奴らは五十年前の轍を踏まねえように、今回は交渉を始める前に、いきなり攻撃を仕掛けてきたということだ」

「お頭、攻撃というなら品川辺りに火をかけねえことには、江戸を焼き尽くすというわけにはいきませんぜ」

「佐助、俺がいってるのはそこだ。奴らはこの季節、江戸に南風が吹くことまで知っているからこそ、浅草金龍山瓦町の船茶屋に火をかけた」

「なるほど。あそこなら燃えても、鳥越界隈を焼き尽くすだけですからね」

「お前がいうように品川あたりに火をかければ、今頃、江戸は火の海だ。それじゃ、幕府も消火にてんてこ舞いで、肝心の交渉ができねえじゃねえか。今回の付け火は、いつでも江戸を火の海にできるぞって、幕府に思い知らせれば十分というわけよ」

虎庵は佐助が用意した胡瓜の浅漬けを口の中に放り込んだ。

虎庵が胡瓜を噛む音が、小気味良く響いた。

「お頭は幕府のお手並み拝見と仰いましたが、家を焼け出されるのは町民です。あっしらは本当に、このまま手をこまねいていてよろしいんでしょうか」

佐助はエゲレス兵の暴挙に怒り、背筋が凍りつくような殺気を放っている。

「御仁吉、六尺越えの二本差しの三人組を追ってくれ」

「へえ、かしこまりました」

御仁吉は持っていた茶碗の酒を一気に呷り、庭先に飛び降りた。

「佐助、五十年前に高尾山中で全滅させられたエゲレス兵が、今度もまた高尾山中で一戦交える轍を踏むとは思えねえんだが……」

「お頭、これまでのエゲレスの動きを見ると、奴らの目的はあくまで武田の隠し金。五十年前のような、通商再開は二の次なのではないでしょうか」

「奴らが五十年前、隠し金と通商再開を天秤にかけたのは、奴らが三浦按針の話を完全に信用していなかったからじゃねえかと思うんだ。その結果として高尾山薬王院に潜ませた軍を全滅させられ、通商再開もならなかった。ようするに完敗だ」

　虎庵は茶碗の酒を飲み干し、佐助の前に突き出した。

「お頭、確かにエゲレスは完敗しましたが、高尾山に武田の隠し金があることを確信したんじゃねえですか。だからこそ、五十年たったというのに、再び隠し金を狙ってきた……」

　佐助はそういって虎庵の茶碗に酒を注いだ。

「佐助、左内は浦賀で難破した船は軍船ではなく、チャールズ卿とかいう男が持ち主の輸送船といってたな」

「はい、それがなにか」

「いや、雅雅は香港の娼館にいたところ、エゲレスの軍人に買われて、シーウルフっていう軍船に乗せられたといっていた。雅雅はなぜ軍船と輸送船を間違えたんだ」

「シーウルフは軍人を百人乗せていたんでしょう。素人が軍船と思ったって、不思議はねえでしょう。まさか、お頭は雅雅さんを……」

　佐助はむきになった。

　虎庵は眉ひとつ動かさず、黙って茶碗の酒を呷った。

　すべては良仁堂に雅雅が運び込まれたところから始まった。

　確かに背中に一尺あまりの刀傷を受け、瀕死の重傷に見えた。

　だが傷口が大きい割りに浅傷で、とても致命傷とはいえなかった。

そう考えれば雅雅が、エゲレスの間諜であったとしても不思議はない。

「佐助、心配するな。確かに雅雅はエゲレスの間諜といっても不思議じゃねえ。だがよ、雅雅が良仁堂に運び込まれてから今日まで、彼女は俺たち風魔に軟禁同然の状態なんだ。あれじゃ何もできねえだろうが。それより佐助、火元は浅草金龍山瓦町、風の具合によっちゃあ吉原に飛び火しねえとも限らねえ。すぐに吉原に戻って、様子を見てきてくれ」

佐助の過敏な反応に、虎庵は雅雅に対する佐助のただならぬ思いを感じ取っていた。

「はい」

「頼んだぜ」

虎庵は無言で立ち上がった佐助を見送った。

一方、その頃、火事に怯えるお百合と雅雅にせがまれ、吉原の小田原屋を抜け出した愛一郎は、下谷の良仁堂に向かっていた。

すでに火の手は山谷堀を越え、浅草鳥越町界隈に飛び火し、浅草寺から下谷に向かう寺町は避難する人でごった返していた。

「お百合さん、雅雅さん、はぐれないように気をつけてください」

愛一郎は左右の手でふたりの手を握り、人ごみを掻き分けながら進んだ。

三人がまもなく寺町を抜けるというところで、前方からきた火消しの一団と、下谷方面に避難する人の流れが合流し、通りは芋洗い状態でごった返した。

三人は人ごみに揉まれ、雅雅が猛烈な力で引っ張られた。

愛一郎は不覚にも、左手で握っていた雅雅の手を離してしまった。

「雅雅さんっ！」

愛一郎は張り裂けんばかりの声を上げたが、声は逃げ惑う人々の喧騒に打ち消された。

愛一郎は下谷方面に向かう人の流れの中に、かすかに雅雅の姿を確認したが、あっという間に見失った。

それから半刻後、ようやく良仁堂に到着したお百合と愛一郎は、虎庵に雅雅とはぐれてしまったことを告げた。

「先生、申し訳ありません」

愛一郎は額を床にこすりつけた。

「お頭、私が無理をいったのがいけないんです。愛一郎さんを責めないでください」

お百合も愛一郎と並んで額を床に擦りつけたが、虎庵は黙って煙管をふかした。

虎庵は風魔の統領の子を産んだ女が、屋敷を与えられて江戸を処払いにされる理由を思い知らされていた。

愛一郎が雅雅とお百合を小田原屋から連れ出したのは、虎庵を慕うお百合の女心が働かせた悪知恵に乗せられてのこと。

火事を理由にされている以上、愛一郎も無下にお百合の願いを断るわけにはいかなかったのだろう。

「お頭、雅雅さんとお百合様が、大変なことになりましたっ！」

木戸の向こうで声がした。佐助の声だった。

「おう、佐助。愛一郎たちなら、ここにいるぜ」

虎庵の返事が終わるや、勢いよく木戸が開いた。

「馬鹿野郎っ！」

佐助は土下座する愛一郎を足蹴にすると、何度もあたりを見渡し、不安げな顔で虎庵を見た。

「佐助、愛一郎はお百合にせがまれて、ふたりをここに連れてこようとしたんだが、浅草の寺町で雅雅とはぐれちまったようだ」

「はぐれた？　おう、愛一郎。てめえ、お頭がふたりを小田原屋に連れて行けといった意味が、わかっているんだろうな」

佐助は土下座する愛一郎の襟首を掴み起こした。

「す、すみません。ふたりがあまりに火事を怖がっていたものですから」

愛一郎は泣きべそをかきながら答えた。

「佐助、まあ、そう責めるな……」

虎庵が助け船を出した。

「お頭は黙っていておくんなせえ。愛一郎、雅雅さんはろくに言葉も喋れねえ唐人だ。それが右も左もわからねえ江戸で迷子になったら、どうやって良仁堂を探すんだ。町方に唐人とばれたら、どういう目に遭うかわかってるんだろうなっ」

佐助は愛一郎の頬を拳で殴りつけた。

「いいか、てめえも風魔なら、お頭の命令が絶対だということはわかっているはず。その命令を破ったらどうなるかもなっ！」

佐助はもう一度、愛一郎を殴った。

「佐助さん、後生です。愛一郎さんを堪忍してやってください」

お百合が佐助の振り上げた左腕にしがみついた。

「佐助、あとはお前に任せる」

虎庵はあえてその場を佐助に任せ、奥の寝所へと向かった。

4

翌日、火事に慣れきった江戸の町は、昨夜の騒ぎなどどこ吹く風。

何事もなかったように、当たり前の日常を取り戻していた。

目覚めた虎庵が居間に顔を出すと、すでに左内が縁側に座っていた。

「おう、朝っぱらからどうしたい」

「いや、誰もおらぬようなので、ここで待たせて貰ったんだ」

佐助は愛一郎、お百合とともに吉原に戻ったようで、屋敷には虎庵と左内のふたりしかいなかった。

「おおかた愛一郎は、怪我人の治療にでも出かけたんだろう」

虎庵は首筋を撫でながら、左内の隣に座った。

「昨夜の火事は付け火だ。山谷堀端で屋台を出していた二八蕎麦屋の親父が、不審な侍を目撃していた」

「侍が付け火？」

「ああ、頭巾を被っていたので顔は見ちゃいねえが、六尺大男が三人、出火もとの船茶屋あたりをうろついていたそうだ。それとな……」

左内はいい澱んだ。

がっくりとうな垂れ、両膝に置いた拳が硬く握り締められている。

左内がこれまで見せたこともない落胆振りに、虎庵は黙った。

「それとな、昨夜の火事騒ぎの間に奉行所の牢が破られ、捕らえたエゲレス人どもに逃げられたんだ」

「牢破りだと？」

「ああ、牢番が首を刎ねられていた。あいつ、先月、子供が生まれたばかりだってえのによ。お奉行の留守中に牢破りとは、なんてこったい。お奉行は上様直々の命とかで、品川にいっちまったんだが、これではお奉行もただじゃすまねえ」

　左内の両腕が、わなわなと震えた。

「心配いらねえよ。だいたい、お前さんたちが棺桶で運んできたのは、相模国で死んでいた異人の死体。そういう建前じゃねえのかい」

「それはそうだが……」

「一度死んだ人間が消えたって問題ねえだろう。それより、牢破りをした犯人の心当たりはねえのかい」

　幕府にしてみれば、すでに江戸に火をつけられた以上、エゲレス兵討伐隊も、高尾山での戦闘も、そして百人もの犠牲が出たことも一切認めるはずがない。

　それどころかエゲレス人が、上陸していることすら認めないはずだ。

　そのエゲレス人の捕虜が消えたところで、誰も責められるはずがなかった。

　子供が生まれたばかりだというのに、殺された牢番の殺され損だった。

「先生、門番が三人組の侍と女が一人、奉行所の前をうろついていたといってたが、それじゃあ話にならねえだろ」

少しは落ち着きを取り戻した左内が訊いた。

「なるほどな。その三人組も六尺以上の大男ってか？」

「まさか……」

何かを思いついたように、左内は虎庵を見つめた。

「そうだよ、この江戸で六尺大男の三人組なんざ、そういるもんじゃねえぜ。俺と桔梗之介と亀十郎でも六尺越えは俺だけだぜ」

虎庵は大袈裟に両腕を突き上げ、大きな欠伸をかいた。

「先生、邪魔したなっ！」

左内は慌てて庭に飛び降り、振り返りもせずに裏木戸に向かって走った。

——六尺男の三人組と、女……まさかな。

昨夜、火事騒ぎのどさくさで姿を消した雅雅。

そして南町奉行所前をうろついていた女。

虎庵は胸騒ぎを打ち消すように、首を何度も振った。

それからほどなくして虎庵が良仁堂の門前を掃き掃除していると、佐助と愛一郎が帰ってきた。

愛一郎は背中を丸め、足もとはおぼつかず、顔は青ざめている。

虎庵は昨夜、ふたりの間で起こったであろうことを察した。

「愛一郎、今日は養生部屋で休んでろ。いいな、これは命令だ」

「はい、先生……」

蚊の鳴くような声で返事をした愛一郎は、足を引きずりながら玄関の中に消えた。

「佐助、手当てはしてあるんだろうな」

「はい」

佐助は愛一郎の後を追った。

昨夜、雅雅がいなくなったのも、元はといえば虎庵が掟を守り、お百合を江戸処払いにしなかった甘い判断が原因だ。

それが結果として佐助も愛一郎も傷つけた。

虎庵は庭に回ると、縁側には佐助が憂鬱そうな面持ちで座っていた。

「雅雅の行方はわからねえのか？」

虎庵は佐助の脇に腰掛けた。

「はい、昨夜から御仁吉の配下が探索してますが、いっこうに……」

「そうか。さっき、左内が来たんだが、南町奉行所の牢が破られ、エゲレス人たちが逃げたそうだ」

「なんですって？」

「六尺大男の三人組が、牢破りの前に奉行所の前をうろついていたそうだ」

「山谷堀の船茶屋に火を付けた野郎も確か六尺大男の三人組……」

「ああ、それから、詳しいことはわからねえが、女がひとりいたそうだ」

「まさかっ！」

佐助の表情に緊張が走った。

「慌てるな、そうと決まったわけじゃねえやな」

虎庵は佐助の肩を叩いた。

佐助にもエゲレス軍と雅雅の間に、何かがあるのではないかという思いはある。

ふたりの間に重い空気が流れ始めた時、庭の奥の塀にある木戸が開き、御仁吉が姿を現した。

「おう、ご苦労だな。で、雅雅の足取りは掴めたのかい？」

虎庵たちの前で片膝を突いた御仁吉は、無言で首を左右に振った。

「お頭、ちょっとお見せしてえ物がありまして」

御仁吉は懐から手拭を取り出し、縁側に広げた。

手拭の上には黒焦げになった、携帯用の方位磁石が置かれていた。

「火元の船茶屋で見つけたものです。なんですか、こいつは？」

「こいつはコンパスといって、東西南北の方位を測る道具だ。どうやら、オランダ製のようだな」

虎庵はコンパスを裏返した。

「お頭、それから昨夜の二八蕎麦屋の親父が、火が出る前に、掘った芋がどうしたこうしたって声が聞こえたというんです。付け火で焼き芋じゃあるめえに……」

「なんだと？　もう一度いってみろ」

「ですから、掘った芋をどうしたこうした、です……」

「御仁吉、そいつは確かだなっ！」

「へい、間違いありやせん」

御仁吉は中腰で虎庵の手元を覗き込んでいたが、慌てて片膝を突いた。

「お頭、何かわかったんですか？」

黙って聞いていた佐助が口を開いた。

「おそらく、『掘った芋取るな』って聞こえたんだろう。エゲレス語でホワッツは何、タイムは時刻、つまり『ホワッツ・タイム』が『掘った芋』だ。

「じゃあ、『取るな』は……」

「イズ・イット・ナウ。いまって意味だ。つまり奴らは、いま何刻だというエゲレス語、『ホワッツ・タイム・イズ・イット・ナウ』といったんだ」

虎庵は流暢なエゲレス語でいった。

「お頭、たしかに『掘った芋取るな』って聞こえますが、それがどうしたって……」

佐助と御仁吉はわかったような、わからないような虎庵の話に頷いた。

「いいか、二八蕎麦屋が見た六尺大男の三人組がエゲレス語を使っていたということは、エゲレス人が侍に化けていたということだ。だが……」

「だが、どうしたんですか」

「いやな、このコンパスはオランダ製だ。火付の犯人がエゲレス人で、奴らが江戸の南風を確認するために、コンパスを使ったのはわかる。だがオランダと仲の悪いエゲレス人が、オランダ製のコンパスを持っているのは変じゃねえか」

「もともと、船茶屋にあったもんじゃねえですか」

「船茶屋には何の役にもたたねえ品だぜ。こんな物に命を賭ける馬鹿がいるか？」

虎庵は小さく頷いた後、黒焦げのコンパスを中空に投げ上げて弄んだ。

「お頭、おはようございます」

虎庵の背後から、気配を完全に消していた左平次の声がした。

「これは長老もお人が悪い」

「申し訳ありません。なにやら面白そうな話だったものですから」

左平次は長椅子に座った。

「長老はどう思います？」

虎庵は左平次の向かいの長椅子に座った。

「昨日も申しましたが、エゲレス艦隊が品川沖に姿を現したということは、高尾山の隠し金を見つけ、金を運び出すための時間稼ぎをするためのことでしょう」

「今日あたり、幕府からの使いがエゲレス船に向かうだろうな」

「その席で、昨夜の江戸の火事を引き合いに出し、此度は力ずくでも通商再開を求めていることを匂わせる」

「木村左内の話では、昨日のうちに交渉役として、南町奉行大岡越前が向かったそうだから、確かに今夜あたり交渉が始まるんだろうな」

「ということは、今宵、もう一度、だめ押しの火事が起きるかもしれませんな。昨夜が浅草ですから、今宵は日暮里あたりの寺町でしょうかのう」

左平次は腕を組み、ひとり頷いた。

「日暮里ですか。なるほどねえ、あのあたりの寺町の北側は見渡す限りの田畑だし、南風が吹いても延焼の心配はいらねえな」

「お頭、この江戸で六尺越えの異人どもが、真昼間から大手を振って歩けば、目立ってしょうがありません。しかも昨夜は、浅草の裏手に侍姿で現れたということは、昨日今日、この江戸にきた野郎の仕業じゃありません。それにエゲレス人が、そう簡単に日本人の着物を着こなせるわけもないでしょう」

左平次の言い分はもっともだった。

虎庵が上海にいたとき、唐人服や西洋人の服を着てみたことがあるが、着物に比べれば着易く、しかも動き易かった。

「とはいえ、江戸にくる異人といえば、オランダ商館にいるオランダ人くらいで、エゲレス人とは犬猿の仲だぜ。しかも、エゲレスとの通商が再開すれば、オランダが独占していた利権が水の泡となる。オランダ人がエゲレス人の手助けをするとは思えねえがな」

「お頭。火付け犯の三人組が、どこぞの藩邸に匿われていたとしたら、御仁吉たちでも、そうそう見つけられるものではございません。ここは昼間の探索に無駄な労力を使うより、今宵の付け火に備えるのが良策と思えますが……」

左平次は静かな口調でいった。

「長老がいうのももっともだ。よし、御仁吉。全ての手の者を動員して日暮里界隈を見張らせてくれ。ただし、三人組を発見しても、絶対に手を出しちゃならねえ。奴らには色々聴きてえこともあるからな、絶対に生け捕りにするんだ。佐助は桔梗之介と亀十郎を呼んでくれ。今宵は千駄木あたりで一杯やるぞ」

「はい」

虎庵が煙管を煙草盆の灰吹きに打ちつけると、佐助と御仁吉は姿を消した。

5

下谷寛永寺裏の寺町の一画にある古刹根来寺は、寺全体が異様な殺気を放っていた。奥の僧坊にいる将軍吉宗を警護する御庭番と、根来衆の手練がせわしなく行きかう、ものものしい雰囲気に包まれている。

「上様、越前殿からの書状でございます」

津田幽齋はエゲレス艦隊との折衝を終えた、大岡越前からの報告書を差し出した。

吉宗はそれを受け取ると呟いた。

「幽齋。いよいよ老中どもが騒ぎ始めた。討伐隊に百名を越える犠牲者を出したにもかかわらず、攘夷だ、通商再開だと勝手なことをいっておる……幽齋、どうやらエゲレスは本気のようだな」

大岡越前からの報告書を読み終えた吉宗は、大きなため息をついた。

「はい。どうやらすでにエゲレス兵が江戸の御府内に潜入しているようで、昨夜の火事も奴らの仕業のようです」

「江戸を人質にとられたか……幽齋、お前は特殊船でエゲレス軍を殲滅できるといったが、それは確かなのか」

「上様、この際、はっきり申し上げますが、上陸したエゲレス軍の本隊ではなく、船員と奴隷百名を殲滅するのに、御庭番、伊賀者、甲賀者が束になってかかっても百名もの犠牲が出ました。関ヶ原より百年余り、武士に当時の戦闘力を望むべくもありません。仮に、奇襲をかけてエゲレス艦隊を撃沈したとしても、上陸したエゲレス軍は死を覚悟して、江戸はもとよりあらゆる城下町を火の海にするはずです。その復興の最中に、第二、第三の艦隊に襲撃されれば……」

「敵の上陸を防ごうにも、この国は海に囲まれておるからな……もうよい」

吉宗は腕を組み、固く目を瞑った。

「日暮里方面で火事が起きたようです」

襖越しに幽斎の配下が押し殺した声でいった。

「なに？」

幽斎が色めきたったが、吉宗は硬く目を瞑ったまま微動だにしなかった。

千駄木の大円寺に隣接する福正寺から上がった火の手は、まるで油でもまかれていたかのように、瞬く間にあたりを火の海にした。

「お頭、火付の一味が天王寺に逃げ込みました。すでに天王寺は手の者が周囲を取り囲み、袋のねずみです」

千駄木の料理茶屋で待機していた虎庵たちに、御仁吉からの報せが入った。

「よし、皆の者、参るぞ」

愛刀竜虎斬を背負った虎庵を先頭に、佐助、桔梗之介、亀十郎が続いた。

千駄木から天王寺は目と鼻の先、低く立ち込めた雲が赤く焼けている。

月明かりもない闇を疾走した虎庵たちは、瞬く間に天王寺の墓場に到着した。

「よし、皆の者、くれぐれも侮るでないぞ！」

虎庵の号令一下、佐助、桔梗之介、亀十郎、御仁吉の四人は、虎庵の前後左右を囲むようにして辺りを窺った。

あたりは背丈ほどもある墓石が立ち並び、敵が潜むにはうってつけだった。

「うわっ！」

虎庵の左手にいた亀十郎が、悲鳴を上げた。

前方の桜の陰から、漆黒の影が猛烈な殺気を放ちながら飛び出した。

漆黒の装束をまとい、手も顔も漆黒。

ふたつの目だけが、ギョロギョロと蠢いている。

「亀十郎、そいつは奉行所の牢から逃げ出した肌の黒い奴隷だ。そいつらがお前の倅を殺した下手人だっ！」

突然、目前に飛び出してきた黒い影に、一瞬おののいた亀十郎だが、虎庵の言葉を聞くや全身から、冷たくおぞましい殺気を放った。

桜の木の陰から次々と漆黒の影が飛び出し、亀十郎を囲んだ。

「お頭、手出しは無用。こやつらは私にお任せあれ」

亀十郎は刃渡り三尺五寸の胴太貫を抜いた。

正眼に構えた異様に長い胴田貫を寝かせると、亀十郎は切っ先が見えぬように後ろに引いた。

相手に間合いを見切らせぬ、亀十郎の知恵だった。

亀十郎の背後にいた影が、我慢しかねたように奇声を上げながら蛮刀を振り上げて斬りかかった。

「ふむっ！」

振り向き様に一閃した胴太貫が蛮刀と激突し、激しい火花を散らした。

蛮刀を弾かれた影がたじろいだ瞬間、

「トリャアッ！」

袈裟に振り下ろした胴太貫が影の耳をそぎ落とし、そのまま首筋に食い込んだ。

青黒い肌から真っ赤な血が噴出した。

白目と大きく開いた口の白い歯が異様に輝いた。

「えいっ」

気合とともに亀十郎が胴田貫を引き抜くと、胴体が真っ二つに切り裂かれ、白刃は股間を抜けた。

おそらく一瞬にして心臓を切り裂いたのだろう。

影は悲鳴をあげることもできず、内臓を撒き散らしながら胴体が左右に割れた。

夥しい返り血が、振り返った亀十郎の顔を濡らした。

「ガッデム！」

二間あまり前にいた影が、短筒の引き金を引いた。

耳をつんざく爆発音とともに、発射された弾丸が亀十郎の右耳を掠めた。

頭を棍棒で殴られたような衝撃に、亀十郎は一瞬たじろいだ。

だが次の瞬間、胴太貫を正眼に構えたまま、風のように間合いを詰めた。

亀十郎の切っ先は、音もなく前方の影の喉を捕らえ、まるで豆腐に箸を突き立てるように、やすやすと喉を貫いた。

喉笛を切り裂かれ、声の出ぬ影の口から、夥しい血が吐き出された。

亀十郎は突き刺した胴太貫を引き抜くことなく、手首を返して回転させた。

影はあまりの激痛に白目をむき出し、大きくあけられた口から声にならない悲鳴をあげた。

「へ、ヘルプッ」

一瞬にして仲間二名を斬り殺されたふたりの奴隷は、武器を投げ捨てると両手を挙げ、その場に跪いた。

しかし、前方の影の首から胴太貫を引き抜いた亀十郎は、そんなことはおかまいなしに大刀を真横に一閃した。

白刃はふたりの奴隷の両腕と首を一瞬にして切り落とした。

次の瞬間、跪いた奴隷の首と腕から、六本の血煙が噴水のように噴出し、雨のように地面を濡らした。

亀十郎が着物の袖で胴太貫の血を拭い、鞘に収めた瞬間、桜の幹の裏から白人の男が両手を挙げて飛び出した。

虎庵が奉行所の牢で話を聞いた青年だった。

亀十郎がすぐさま刀の柄を握って身構えたとき、虎庵が叫んだ。

「亀十郎、奴には聞きたいことがある、殺すなっ！」

「はい」

亀十郎は返事をしたが中腰のまま、いつでも刀を抜ける体勢を崩さない。

『お前たちを脱獄させたのは、エゲレス兵か』

虎庵は全身を震わせて怯える青年にいった。

青年は失禁し、小便でズボンを濡らしていた。

『誰かはわかりません。でも、シーウルフに乗っていた兵隊じゃありません』

青年は突き上げていた両手を頭の後で組んだ。

その瞬間、青年の背後から鋭い殺気が放たれ、銀色に輝く大型ナイフが空気を切り裂いた。

「ガッッ」

鈍い音をたて、ナイフは青年の後頭部に突き刺さった。

青年の青い瞳が小刻みに震えた。

青年の膝がグニャリと曲がり、その場にくず折れた。

その背後で大きな三つの影が、墓石を踏み台にして見事な跳躍を見せ、あっという間に土塀に飛び移った。

そして猿のような素早さで闇の中に消えた。

「しまった、逃げられたか」

虎庵が唇を噛んだとき、佐助の声がした。

「お頭、奴らの正体がわかりました」

佐助は青年の後頭部から、血まみれの大型のナイフを抜き取った。

「虎庵様、それにしても、巨漢にしては身軽な野郎どもでしたな。佐助、正体がわかったとは、どういうことだ」

佐助の脇にいた桔梗之介がいった。

「お頭、見てください。この短刀は、偉慧栖座の軽業師が使っていたものです」

近寄ってきた虎庵の鼻先に、佐助は大型のナイフを差し出した。

虎庵はナイフを受け取ると、ナイフの柄に刻印された文字を読んだ。

「チャールズ・エマーソン……エゲレス人の名前だ。だが佐助、木村左内の話では、偉慧栖座の連中は、オランダ人と日本人の混血児といっていたよな。エゲレスと敵対するオランダの血を引く奴らが、なんでエゲレスに協力しているんだ」

「お頭、確かに奴らはオランダ人の落とし子ですが、要するにオランダ人の父親に捨てられた日本人の子供です。考えようによっちゃ、オランダ人に対して深い怨みを抱いていたとしても、おかしかねえんじゃねえですか」

「なるほどな。佐助のいうことにも一理あるな。奴らの宿坊は確か」

「浅草寺脇の安行寺です。これから、向かいやすか？」

佐助の瞳がギラリと光った。

「奴らは俺たちの正体を知っているわけじゃねえし、手前の正体がバレたことも知っちゃいねえ。ここはとりあえず、明日にでも山田駒之助を呼び出すことにしよう。よし、引き上げるぞ」

虎庵の頭は混乱していた。

エゲレス軍の手先となって、江戸で暗躍する間諜が偉慧栖座の中にいることは確かだ。

いや、偉慧栖座そのものが間諜であっても不思議ではないが、それなら座長の山田駒之助こそが、エゲレスの手先となった首謀者ともいえる。

土佐の郷士に飽き飽きして武士を捨て、商人となってアジアの海を走り回っていた奴が、なぜエゲレスに協力しなければならないのか?

考えれば考えるほど、虎庵の頭は混乱した。

6

昨夜、日暮里で発生した火災は、御仁吉の手の者の活躍もあって、出火もとの福正寺の周辺五カ寺を焼くにとどまった。

大火に慣れた江戸っ子にとってはボヤのようなものだったが、幕府にとっては通商再開を求めるエゲレス軍が仕掛けたことはわかっているだけに、強烈な圧力となっていた。

攘夷か、通商再開か、幕府内は真っ二つに割れ、吉宗は決断を迫られていた。

エゲレスとの交渉役となった大岡が、城内ではなく虎庵の目の前にいることが、吉宗の焦りを裏打ちしていた。

寡黙な大岡は、例によって髭のそり残しを探している。

だが、虎庵は自分から口を開くつもりは毛頭なかった。

いかなる交渉においても、先に口を開いたほうが相手の土俵に上がり、主導権を握られる。

じゃんけんで先に手を出せば、後だしの相手に負けるに決まっている。

「その方も知っての通り、このところ、江戸で火事が続いてのう」

重苦しい沈黙に耐えかねたように、大岡が口を開いた。

だが本筋から離れた世間話のようなものだ。

虎庵は返事もせずに、手元の茶をすすった。

交渉ごとに長けているはずの大岡だが、通商再開の回答を迫られている立場上、虎庵と違って時間に余裕がない。

まるで反応しない虎庵を見て、大岡は駆け引きを諦めたかのように話し始めた。

「お主も先刻承知の通り、ひと月ほど前、浦賀沖でエゲレス船が座礁して沈没した。この船はシーウルフという輸送船だが、なぜか英国軍兵士百名あまりが乗船していた。遭難した船員とエゲレス軍二百名あまりは船を脱出し、密かに浦賀付近に上陸したのだ。その後、相模国で野盗被害が相次ぎ、その下手人をエゲレス人と断定した幕府は、御庭番、伊賀者、甲賀者による追討隊を編成し、エゲレス人百名あまりを殲滅した。だが残りの百名については行方が知れぬまま、三日ほど前、品川沖にエゲレス艦隊二隻が突然姿を現した。エゲレス軍の要求を聞くため、儂は二日前に品川でエゲレス艦に乗り込み、交渉の席に着いた」

「ほう、で、エゲレスの要求はなんですか」

大岡の話に嘘はない。

虎庵はようやく口を開いた。

「上陸した兵士と乗組員の引渡し、それと通商再開だ。エゲレスへの海禁を解き、オランダの貿易独占体制をあらためろということだ」

「大岡様、私が幕府の海禁政策に疑問を持っていることは、前にお伝えしましたね」

「わかっておる」

「その私に、大岡様は何の用が有るってんです？　上様は海禁を解く決意をされたということですかね」

「そうではない。交渉の席でエゲレスのスコットという提督は、浅草、日暮里と二日連続で起きた火事が、エゲレスによる放火だとほのめかしたのだ」

「江戸を火の海にされたくなければ、通商を再開しろってわけですね。だがそれじゃあ交渉ではなくて、恐喝じゃねえですか。大岡様ともあろう方が、黙ってその話を聞いてきたんですか？」

　虎庵は腕組みをし、顎をさする大岡を睨んだ。

「江戸の町を人質に取られては、仕方がないではないか」

　大岡は情けなくも項垂れた。

「大岡様、これが海禁のつけなんですぜ。幕府は何度も大火に見舞われながら、手前たちの住むところには瓦葺きだ、火除け地だを作ったが、貧乏人は薄っぺらで燃えやすい木と紙の家に住まわせ続けた。もし五十年前に海禁を解いていたら、今頃、江戸の町に異人どもが闊歩していた。そうなりゃ、いつまでも燃えやすい、木と紙の家のままでいるわけにはいかなかったでしょう。いつ江戸を火の海にされてもおかしくねえんだから」

「その方のいう通りだ。上様も、お主と同じことを仰せだった」

「そんなことより、五十年前にエゲレスが通商再開を求めてきた時は、こんな無茶な話じゃなかった。お奉行様は、おかしいと思いませんか」

　虎庵はぬるくなった茶を飲み干した。

　あいた茶碗に、佐助がすかさず鉄瓶の茶を注いだ。

「五十年前？　何のことだ」

「大岡様は、高尾山に隠された武田の隠し金について、どこまでご存知ですか」

「お、お主、そこまで知っておるのか」

「そりゃあ、そうでしょう。五十年前にエゲレス兵と戦ったのは、幕府ではなくて風魔ですぜ。いいですか、やつらの本当の目的が通商再開なら、こんな恐喝めいたことはしねえでしょう。まずは前回同様、浦賀奉行を通じてエゲレス王の親書を持って来る。それが国際儀礼の常識です。それがいきなり、しかも手ぶらで品川沖に軍艦で現れたんですから、それ相応の理由があるってことですよ」

「確かにその方がいうように、いきなり江戸の町を人質にし、恐喝ともいえる要求を突きつけてきたのだから、まともに交渉するとは到底思えぬ。だがすでに幕府内は、攘夷派と通商再開派に二分されている始末なのだ」

「大方、大岡様は今回の事件は裏でどこぞの大名が糸を引いているなんて、考えているんでしょうねえ、上様も」

「図星だ……」

「いいですか、奴らの目的は武田の隠し金だ。高尾山中で発見した黄金を玉川を使って運び出し、川崎あたりで軍艦に積み終えたらおさらばよ。高尾山のエゲレス軍は、交渉にあわせて江戸に姿を現す。幕府は奴らをエゲレス艦隊に引渡すが、奴らは数が合わねえと難癖をつける」

「そうなれば、ますます海禁を解かねばならぬことになるな」

「それで海禁が解ければ、エゲレスにしてみれば瓢箪から駒。だが城中には強硬な攘夷派もいるわけだから、事はそうは簡単にいかねえ。幕府、エゲレス艦隊双方の緊張が高まったところで品川に放火する。品川の火事は夏の南風にあおられて、それこそ江戸を焼き尽くす。幕府が消火でてんてこ舞いの中、エゲレス艦隊は黄金と兵士を乗せておさらばでしょう」

「なぜ断言できる？」

「あんたが通訳を頼んだ山田駒之助、野郎が火付の犯人だといえば、わかりやすいでしょう。よりによってあんたは、敵の間諜に通訳を頼んじまったんですよ」

「山田駒之助だとお……だが、奴は二日前から、エゲレス軍との交渉の通訳をしておる。ゆえに品川でずっと一緒だったのだ」

「野郎は、今も品川ですか？」

「ああ、品川沖に停泊している紀州藩の特殊艦に乗船している」

「なら、話は早い。品川に急ぎましょう。佐助、用意を頼むぞ」

虎庵がそういった時、庭先が騒がしくなった。

高尾山周辺を探りに行っていた獅子丸が、突然、庭先に姿を現したのだ。

黒づくめの忍者装束のいたる所が破れ、付着している血糊はすでに赤黒く凝固している。

「お頭、高尾山を三方から包囲していた伊賀組、甲賀組、八王子千人同心による幕府軍はほぼ壊滅状態。エゲレス軍はすでに金塊の運び出しを終え、船十隻にて玉川を下っております。なお、エゲレス兵の大半は姿を消したままです」

「幕府軍が壊滅とはどういうことだ」

大岡忠相は思わず立ち上がった。

しかし獅子丸は答えようとしない。

風魔の獅子丸にとっては南町奉行とて、ひとりの武士。

自らに義があれば、大岡とて殲滅の対象に過ぎない。

「なぜ答えぬっ！」

獅子丸の態度に業を煮やした大岡は、思わず脇差に手をかけようとした。

気配を察した虎庵は音もなく立ち上がると、大岡と獅子丸の間に立ちはだかった。

「獅子丸、いいから答えろ」

一歩遅ければ、獅子丸は刀に手をかけた大岡を瞬殺していたに違いない。

戦場での戦いは、江戸暮らしで眠っていた獅子丸の野性の本能を完全に目覚めさせたようだ。

しかも報告のために、十里の道をひた走ってきた獅子丸の全身の神経は、熱を発するほどに研ぎ澄まされている。

大岡忠相が南町奉行といえど、所詮は座学の徒。

そんな獅子丸の危険性を察知しろという方が無理な話だった。

「お頭、我らが高尾山西側にて様子を窺っておりましたところ、突然、高尾山南側を包囲している幕府軍の背後に、どこからともなく軍服を着た五名のエゲレス兵が姿を現しました。五名は散開し、それぞれが焚き火を始めたかと思うと、もうもうと紫の煙が舞いあがり、その煙は折からの南風にあおられ、幕府軍を覆いつくしたのです。するとほどなくして、幕府軍のいたる所から銃声が上がったのです」

「同士討ちか」

「はい」

「では紫の煙はアヘンか……」

「おそらく。幕府軍の後方で待機していた千人同心の鉄砲隊が、いきなり前にいる伊賀組の背中に発砲を始めたのです。撃たれた者たちは、なにやらわけのわからぬことを口走りながら、鉄砲隊に斬り込みました。しかも、そばにいる者にも手当たり次第に斬りかかる。斬られた兵も錯乱し、腕を斬り落とされているにもかかわらず、大声で叫びながら斬りかかるのです」

「アヘンの麻酔効果だな。腕を斬られても痛みを感じないのだ。だから死ぬまで何度でも立ち上がって斬り合う。幻覚で判断力を失い、敵味方の区別もできない。惨いことを……」

大岡は獅子丸の語る惨状に、力なく両ひざを突いた。

「そんな同士討ちは高尾山の北側まで連鎖しました。幕府軍が阿鼻叫喚の地獄絵図の極みに達したとき、まるで湧き出たようにエゲレス軍の鉄砲隊が姿を現し、あとは無残なものでした」

「風魔の被害はどうなんだ」

「無傷です」

「獅子丸も、だいぶ汚れているではないか」

「はっ、たまたま目前の茂みより姿を現したエゲレス兵と交戦し、三名を殲滅したときのものです。あまりに近かったもので、クロスボウは同士討ちになりかねませぬので斬りました。幕府軍全滅と隠し金輸送の報はすでに、府中で待機している幸四郎の元に届いておるはずです」

「ならば金など幸四郎に任せておけばよい。獅子丸、ご苦労だったな。風呂が沸いておるから湯でも浴びて、奥でゆっくりと休め」

「はっ」

獅子丸は大岡など眼中にないといった素振りで、部屋の奥へと消えた。

「大岡様、幕府軍全滅の件と山田駒之助の件、すぐに上様にお伝えしたほうがよろしかろう」

虎庵は両膝を突き、呆然としている大岡の肩を叩いた。

「そのようだな。その前に敢えて問う。虎庵殿、此度のエゲレスの非道、風魔の義は許すのか」

虎庵を見上げた大岡の眼は血走り、わずかではあるが潤みを見せている。

「海に囲まれたこの国にとって、外国との外交と通商は政のかなめ。幕府にそれができぬなら、再び朝廷に委ねるしかあるまい。ただそのようなことをすれば、武士は再び朝廷や公卿の番犬に戻るだけのことよ」

「虎庵殿、エゲレスは、明後日の暮れ六つ迄に回答を迫ってきておる。ことは急を要するのじゃ」

大岡はそういうと、床に腰を落としてへたり込んだ。

「ふざけるなっ！　黙って聞いていればエゲレス、エゲレスって。品川沖に来た奴らは、エゲレスの特使といえるのか？」

「軍艦で来航した提督が、特使でなければなんだ？」

「エゲレスは清国と同じ、王を支配者にいただく専制君主国家だ。その国が、この日本と国交を開こうという時に、王からの親書も持たせずに特使を送るか？　奴らの目的は三浦安針から聞きだした武田の隠し金、エゲレスの特使でもなんでもねえ。国交や通商など、それを隠すための方便にすぎねえんだよ。親書も持たずに外国に攻め入り、村を襲い、町を焼き、手前たちに有利な通商条約を結ぶだと？　どこの国にも保身と私腹を肥やさんとする奸臣はいるが、将軍も同じような奸臣に囲まれてるから、相手が何者かも見抜けねえんだっ！」

虎庵は興奮のあまり、持っていた銀無垢の煙管をへし折った。

「虎庵殿は幕閣や大名に、奴らと通じている者がいると考えているのか」

「そんなこと、わかるわけねえだろう。だが元土佐藩郷士の山田駒之介は、いかなる事情があったにせよ、奴らの間諜になり下がった。そして俺を裏切り、日本を裏切り、江戸の町に火を付けた。大岡殿の義がいかなるものかは知らぬが、風魔の義は裏切りを許さぬ。そして私利私欲のために、人を人とも思わぬ奸臣には天誅あるのみ！」

「待ってくれ、今、品川沖の連中に手を出せば、江戸が火の海になることは必定！」

「そうやって、またまた問題を先送りするか。よいか、将軍に申せ。今宵五つ、山田駒之介と偉慧栖座一党に迎えの籠を出し、此度の通訳の功を叙するという理由で、半蔵門より城中に迎えよとな」

「今宵、五つだな」

「二度は申さぬ！」

大岡は虎庵に一礼すると、玄関へと向かった。

今回の一件の背後に、いかなるネズミが控えているかはわからない。

だが、江戸を焼き、罪もない女子供を火の海に惑わせた駒之介は許せない。

オランダ人の父に棄てられ、その外見ゆえに「異人」と差別を受けてきた偉慧栖座の役者どもが、エゲレス人に加担することで、自分を捨てた父、その母国オランダに復讐を目論んだとするなら、その心中は察するにあまりある。

だが、だからといって、母の国の罪なき人々を焼き殺す理由にはならない。

虎庵は、駒之介と偉慧栖座の殲滅を決意した。

7

大岡からの報告を受けた吉宗は唇を噛んだ。

唇から滴り落ちる血が、錦の袴に牡丹の花のような染みを作った。

「奸臣に囲まれてるから、相手が何者かも見抜けねえ、そう虎庵は申したか」

虎庵の言葉は図星であった。

幕府はもとより、諸国の大名たちにも疑心暗鬼にならざるをえぬ状況で、海禁を解けばどうなるか？

朝廷は滅ぼされ、幕府も西欧列強の傀儡となり、属国になり下がる。

結果は火を見るより明らかだった。

そんな当たり前のことに気づかず、すでに三百を越える伊賀、甲賀、柳生の者たちを犠牲にした。

しかも徳川家康に回帰し、武断をもって幕政改革を断行するといいながら、この期に及んでエゲレス艦隊への対応に逡巡している自分が、吉宗は慚愧でならなかった。

「忠相、ここは虎庵の呈した苦言を飲もう。おそらく虎庵は、偉慧栖座および山田駒之助を皆殺しにして天誅を加えよう。今宵五つ、山田駒之助と偉慧栖座一党を半蔵門より城内に招き入れる」

「上様、風魔に山田を殺されては、此度の事件の背後関係が闇の中になりますが」

「忠相、山田を捕えて口を割らせたい気持ちはわかるが、奴らの背後に尾張や水戸、あるいは薩摩や京の大ネズミがいることがわかったら、なんとする」

「そ、それは……」

「いわぬが花というが、知らぬが仏ということもあろう。俺は風魔の義を信じようと思うのだ。山田たちを皆殺しにすることで、見えてくることもあるのだろうよ」

「いわぬが花ですか……」

大岡は大きく二度頷いた。

浅草を出た山田駒之助たちを乗せた大名籠十丁に及ぶ一行は、水道橋を渡り、九段坂を上り、千鳥が淵を抜けた。

半蔵門は、もう目と鼻の先に迫っていた。

「お頭、それにしても水道橋を越えてからというもの、人っ子ひとりいませんぜ」

「御庭番が手を回したのだろう。佐助、手筈は整っておるな」

「はい、すでに赤坂側から配下の者五十名が半蔵門内に、控えております」

「よし、それでは俺たちも半蔵門に先回りするか」

「はい」

虎庵と佐助は、堀端一番町から、まるで人気のない通りを前田丹波守上屋敷の裏手へと走った。

半蔵門の櫓に身を潜めた吉宗、大岡越前、津田幽齋の三人は、暗闇の中で格子戸を開け放ち、眼下の様子を窺っていた。

「上様、どうやら到着したようです」

「確かに。だが忠相、虎庵たちはどうしたのだ」

「すでに半刻程前から、半蔵門内に控えておりまする」

大岡が答えた時、眼下で声がした。

「開門、開門――」

半蔵門の大扉が軋みを上げながらゆっくりと開いた。

すると行列の警護にあたっていた御庭番と、駕籠を担いでいた中間どもが一斉に走り出して門内に消えた。

それと交錯するように飛び出した黒装束の一団が、十丁の籠を包囲した。

外の異様な気配を察したのか、それぞれの籠の扉がゆっくりと開き、中から金糸銀糸の錦をまとった六尺越えの大男たちが姿を見せた。

髪は大銀杏を結った青白い顔には、鼻筋の通った高い鼻、頬骨は低く、落ち窪んだ大きな目、薄く赤い唇がわずかに歪んでいる。

先頭の籠から降り立った駒之助が大声でいった。

「ほほう、これはこれは、上様ともあろうお方が、とんだ御出迎えですな。私はただの……」

「ただの、火付け野郎だ。そして裏切り者だっ！」

駒之助の声を遮るように発せられた何者かの声が、闇を斬り裂いた。

姿を現わした影は三つ。

ひとつは黒装束に身を包んでいる。

もうひとつは野袴をはいた坊主頭。

そして最後のひとつは総髪を風になびかせ、純白の着流しに大刀を背負っている。

十代目風魔小太郎こと風祭虎庵、その人だった。

「虎庵先生ではないか。いかが致したというのだ」

「問答無用、十代目風魔小太郎、義無きものに天誅を下す」

「ふふふ、ついに正体を現わしよったか。それにしても、上海でお大尽暮らしをしていたお主が十代目風魔小太郎とは、ちゃんちゃらおかしいわ。しかも、儂の女神に手を出しやがって」

駒之助はそういうと、籠の中から猿轡をかまされた全裸の女を引きずり出した。

「雅雅さんっ！」

虎庵の右手が、思わず飛び出しそうになった佐助を制した。

「俺は奉行所に頼まれ、その女の背中の刀傷を治療したまで。手など出しておらぬ」

「どうだかな。あの大火事の晩、寺町をうろついているこの女を見つけた時、儂は我が目を疑ったぜよ。ルソンで儂の目の前から忽然と姿を消した女神さまと、よもや江戸で出くわそうとはな。しかも背中の傷を手当てされたにもかかわらず、吉原の遊女屋に売り飛ばされていようとはな」

後ろ手に縛られた、全裸の雅雅を駒之助は乱暴に蹴飛ばした。

雅雅はあられもない恰好で地面に転がった。

「この野郎っ！」

再び佐助が身を乗り出した。

今度は坊主頭の桔梗之介が佐助の腕を掴んだ。

「誤解だが、そんなことはどうでもいい。貴様はこの国を裏切り、エゲレス人の手先となって江戸に火を放った」

「あれれ、お前さんだって、幕府の海禁政策を愚策と断じていたではないか。海禁とは亀の子のように首を引っ込め、世界を見ようともしない臆病者の愚策ではなかったのか？」

駒之助は帯に手挟んだ金の扇を引き抜き、と勢いよく広げた。

そして高笑いしながら大袈裟に扇いだ。

「貴様のような売国奴の火付け野郎に、政の何がわかる。土佐の田舎者らしく、カツオでも釣ってやがれ」

「ふふふふ、火事があれで最後と思うなよ」

虎庵の挑発に、駒之助が思わず足を踏み出した時、駒之助の背後から猛烈な勢いで漆黒の塊が飛び出した。

猿を思わせる敏捷さ、愛一郎に間違いなかった。

浅草で起きた火事の晩、雅雅を見失った責任を感じての行動だった。

愛一郎が駒之助の足もとに転がっている全裸の雅雅の腕を掴んだ。

そして再び跳躍するために上体をかがめた瞬間、

「ほたえなやっ！」

駒之助が瞬時に扇を畳み、鋭く振り下ろした。

扇の先端から、小柄のような刃物が飛び出し、愛一郎の背中を切り裂いた。

背中を襲った激痛に、愛一郎は顔を歪めながら雅雅を担ぎ、渾身の力で跳躍した。

軸足の右足首から不気味な音を立てながら、愛一郎が見せた渾身の跳躍は一間半。

闇から飛び出した風魔の黒装束が、着地した愛一郎と雅雅を庇うように飛び出して身構え、ふたりはどうにか虎庵たちのもとに逃げ延びることができた。

「駒之助、茶番はこれまでだっ！」

虎庵が叫ぶと半蔵門側にいた風魔の黒装束が、一斉にクロスボウの引き金を引いた。

猛烈な勢いで放たれた矢は、駒之助を追い立てるように足元に突き刺さった。

偉慧栖座の役者たちも鋭い跳躍で矢を避け、門前に雑然と並ぶ十丁の大名駕籠を矢除けにしながら、千鳥が淵方面に逃走を図った。

しかし樹上から次々と降り立った風魔に行く手を阻まれた。

「ウオォ――ッ！」

佐助は刀を抜くと、悪鬼の形相で偉慧栖座の役者どもに斬りかかった。

「皆の者、手出しは無用だっ！」

虎庵の命令に、忍者刀を構えた五十名を越える風魔が役者どもを取り囲んだ。

佐助が役者どもの間を稲妻のように駆け抜けた。

先頭にいた三人の役者の首が次々と刎ねられ、ゴッゴッと音をたてて転がった。

桔梗之介もやや遅れて斬り込んだが、三太刀で三人の役者の胴が真っ二つに切断された。

夥しい血飛沫が地面に血溜まりを作っている。

「お頭っ！」

あまりに手応えのない相手に、振り返った佐助と桔梗之介の顔が曇っていた。

斬り殺された六人は、浅草寺の舞台で見事な剣舞や軽業、ナイフ投げの技を見せてはいた。

だが所詮は見世物芸人で、実戦経験などほとんどないただの役者だった。

目前には駒之助と三人の役者が残っているが、あまりの手応えのなさに桔梗之介と佐助は戦意を失い、すでに刀を収めている。

兵法も知らぬ、無抵抗の青年を斬ることなどできなかった。

「佐助っ、桔梗之介っ！　奴らに情けは無用だ。奴らが放った火で、何人の罪無き女子供が命を落としたと思っているのだ」

虎庵はおもむろに背中の竜虎斬を抜くと、独楽のように体を激しく回転させた。

三人は虎庵の斬撃をかわそうとわずかに刀を振ったが、虎庵の相手でないことは一目瞭然だった。

しかし虎庵は非情にも、躊躇すること無く若者たちの首を次々と刎ねた。

虎庵の子を産んだお百合は産後の肥立ちが悪く、例外的に江戸から放逐せずに、しばしの江戸暮らしを認めてしまった。

だがその虎庵の甘さが、罪も無い愛一郎を巻き込み、傷つけ、そしていまも死地を彷徨う深手を負わせてしまった。

非情なればこそ、風魔は生き延びてこれたのだ。

「この江戸で火付けをしたこの者たちは、我らが天誅を加えなくても打ち首獄門。火付盗賊改めに捕縛されれば、地獄の責め苦を味わわされた上に殺される。それを思えば、ひとおもいにあの世へ送ってやったのは功徳をほどこした慈悲のようなものよ」

虎庵は竜虎斬の血を振り払い、残りのひとり、駒之助の前に立ちはだかった。

さっきまで威勢の良かった駒之助だが、一瞬にして九人の仲間を殺され、恐怖のあまり小便を垂れ流している。

「こ、虎庵殿、この通りだ。命ばかりは、何卒、命ばかりは」

そういって駒之助は、自ら垂れ流した小便の中に両手をついた。

そのとき駒之助の背後に立った、純白の幽霊のような影が右手を振り上げ、持っていた刀の切っ先を駒之助のぼんのくぼにあてがった。

雅雅だった。

首筋を襲ったわずかな痛みに、駒之助はゆっくりと顔を上げた。

無様に大きく口をあけ、駒之助が何ごとかを発しようとした時、雅雅の右腕が一気に伸びた。

首にあてがわれていた刀の切っ先が、ゆっくりと駒之助の首を貫いた。

『この人が、私の宝物を奪い、私を遊女屋に売ったのよ』

雅雅はそういうと、桔梗之介の首から刀を引き抜いた。

「佐助！」

虎庵は素早く羽織を脱ぎ、佐助に差し出した。

佐助は羽織を受け取ると、素早く全裸の雅雅の体を包んだ。

そして、傍にあった大名駕籠の中に誘った。

「上様、この駕籠一丁、借り受けますぞ」

虎庵は櫓の中で息をひそめる三つの気配に向かっていった。

返事がないのを確認した虎庵は、野太い声で号令をかけた。

「者ども、ひけいっ！」

五十を越える黒装束たちは、次々と風のようにその場を去った。

第四章　激闘

1

診察台にうつ伏せにされ、両手足を佐助と亀十郎に押さえつけられた愛一郎は、赤子のように泣き叫んだ。

「先生、ひ、ひえーっ、堪忍してください。ひえーっ」

半蔵門の戦いで負った愛一郎の傷は、背中の皮を切っただけで思いのほか浅かった。

「愛一郎、なんてざまだ。雅雅さんは背中の傷口を縫う時に、悲鳴ひとつあげなかったぞ」

愛一郎の腕を押さえていた佐助が、ドスを効かせた声でいった。

虎庵は愛一郎の背中の傷口を消毒するために、口に含んだ泡盛の古酒を勢いよく吹きかけた。

「ギャーッ、あ、熱い、背中が焼けるっ！」

愛一郎は両手足をばたつかせながら必死に叫んだ。

「本当にうるせえ野郎だな。しょうがねえから、お望みどおり、上海で習った針麻酔をかけてやるよ」

虎庵は呆れていった。

「ほ、本当ですか、ありがとうございます」

ほっとしたのか、愛一郎は強張らせていた全身から力を抜いた。

虎庵が目配せをすると、雅雅が右手に持っていた木槌を躊躇なく愛一郎の後頭部に振り下ろした。

診察室に鈍い音が響き、愛一郎はピクリとも動かなくなった。

「よし、これで縫合が楽になるぜ。何しろ身を挺して雅雅さんを救い出した、お手柄野郎の愛一郎様だ、傷が絶対に残らないよう縫合してやらねばな。雅雅さん。愛一郎の傷口が盛り上がるように、左右から押し付けてくれ」

「はい」

虎庵の指示通り、雅雅は愛一郎の背中の傷の両脇に手を添えた。

一方、江戸城内二の丸の隠し部屋では将軍吉宗、大岡忠相、津田幽齋の三人がまんじりともせずに、朝を迎えようとしていた。

エゲレス艦隊スコット提督に対する、返答の期限は明日に迫っている。

虎庵たちによって、江戸市中に放火役として放たれた山田駒之助と偉慧栖座の面々は天誅が下され、さらなる大火の危機は回避した。

エゲレス艦隊にしてみれば、海禁解除と通商再開を強硬に要求する際の切り札を失っていた。

だがそれはスコット提督が周到に用意した切り札のひとつにすぎない。

吉宗が放った伊賀組、甲賀組、八王子千人同心は赤子の手をひねるように撃破され、エゲレス軍の本隊は高尾山の地下城に無傷で籠城しているのだ。

人数は百人程度とわかっているが、彼らが装備しているであろうエゲレス最新の軍備は想像もつかない。

しかもその戦闘振りは、アヘンを使うなど卑怯とも思える奇策をも辞さない。

もし品川沖の二隻の軍艦が艦砲射撃を始め、江戸市中が炎に包まれている最中に、高尾山中のエゲレス軍が村々を焼き払いながら、甲州街道を進軍してきたらどうなるのか。

「世界を見ようともしない海禁は、臆病者の愚策か……」

その昔、紀州藩薬込役頭の長男として藩校に通っていた虎庵に、このひと言を教えたのは、誰あろう吉宗自身だった。

「潮時かのう」

吉宗がいった。

「なりませぬ、上様。エゲレス軍の脅しに屈し、エゲレスの海禁を解けば、奴らと手を結んだ者たちの思う壺です」

大岡は両手をついたまま、吉宗の目を見据えた。

「忠相、手を結んだ者とは誰だ」

「わかりませぬ。そんなことも判らぬからこそ、海禁を解いてはならぬのです」

大岡は理由にならぬ理由を口にする屈辱に唇を噛んだ。

津田幽齋は、目を瞑ったまま無言で奥歯をかみしめた。

そのとき、天井板がわずかにずれた。

三人は隠し部屋の天井に、侵入した何者かの気配を察することもできないぐらいに動揺していた。

そのわずかな隙間から放たれた矢が、忠相の膝の前の畳に突き刺さった。

昨夜、半蔵門の戦いで風魔が放った、クロスボウから放たれた矢と同じ物だった。

「上様、風魔にござります」

忠相は矢に括り付けられた付文をはずし、吉宗に渡した。

「今宵、決戦の時とある」

「上様、虎庵殿は今宵、高尾山のエゲレス軍と雌雄を決するつもりです」

「忠相、風魔は品川沖の軍船を攻撃するとは思えぬか？」

「上様。それでは上様の立場がござりませぬ。虎庵はスコット提督を特使として迎えてしまった幕府に、堂々と彼らの要求を断る機会を作ろうとしているのです」

「忠相、どういう意味だ」

「それがしは先日、虎庵に詰問されました。エゲレス王家からの特使なら、なにゆえ王家からの親書を携えておらぬ。なにゆえ幕府は親書を持たぬ者どもと、まともな交渉の場についたのかと」

「むむむっ」

　忠相の言葉に吉宗は言葉を呑み、やがて己が迂闊さを呪った。

――オランダにしろ、通信使を派遣してくる朝鮮にしろ、国交に親書はつきものだ。それに気付かぬ己の不覚もあるが、幕閣の誰一人として気付かぬとは……。

吉宗は膝の上で硬く握った拳をブルブルと震わせた。

「上様、ここは虎庵を、風魔を信じましょう。我らは明日の交渉と、その後の対策を練るのが肝要かと思いまする」

「判った忠相、後はその方に任せる。幽齋、その方はこれを虎庵に届けてくれ」

吉宗はそういうと、傍らに用意した太刀を手渡した。

「江雪左文字。紀州徳川家代々に伝わる名刀だ。頼んだぞ」

「ははあ」

津田幽斎は両手で左文字を受け取った。


愛一郎の傷の縫合を終えた虎庵が居間に戻ると、庭に四頭の馬が用意されていた。すでに牛皮製の野袴を穿いた桔梗之介が馬装を確認し、亀十郎が藁束で馬体を丁寧に磨いている。

「お頭、先ほど山窩の冬九郎から使いがまいりましてのう、相模川沿いで見つけた地下坑道に繋がる出入り口を二十ほど破壊したそうですが、なにやらエゲレス兵が、突然、薬王院に姿を現して寺を占拠したそうです」

左平次がにこやかにいった。

「なるほど、幕府の返答の刻限は明日の暮れ六つ。薬王院に姿を現したということは、いよいよ奴らの江戸入りは近いということだ。そうなると、やはり武田の隠し金は運び出しを完了し、おそらく玉川河口近くに隠したのだろう。よし、佐助、桔梗之介、亀十郎、出立するぞ。長老、雅雅さんと愛一郎のこと、頼みましたぞ」

虎庵はそういうと、馬に飛び乗った。

ようやく夜が明け始めた下谷の町を四頭の馬が疾走した。

甲州街道沿いにある春泉寺には、山窩の村長冬九郎と風魔の幸四郎が虎庵たち一行の到着を待っていた。

冬九郎は四十歳そこそこにみえるが、身の丈五尺八寸。腕から肩にかけて筋肉が隆々と盛り上がる偉丈夫だ。熊の毛皮でできた半纏を羽織り、がっしりとした顎、太い眉、目の下まで太い髭で覆われ、山中で出くわせば熊と間違いそうだ。

「冬九郎殿、山頂付近の首尾はいかがですか」

「なあに、しんぺえいらねえ。陣馬山にいたマタギの鉄砲隊が百人、すでに移動しておる。それにすでに天狗の面をつけた百人が、薬王院から清滝までの参道周辺に潜んでおりまさあ」

「なるほど。いずれにしろ奴らはすでに金塊を運び出したから、今夜中に薬王院を発って江戸に向かうはず。しかし、あの金塊を奪わずに、黙って奴らに運び出させてよかったのか……」

府中宿にいた幸四郎は金塊運び出しの報を受けながら、それを見過ごし、冬九郎とともに高尾山中へと移動したことの是非を悩んでいた。

金塊はいずれにしても、エゲレスの軍艦に運び込まれる。

金塊が必要と有れば、船ごと奪えばよい。

府中宿で金塊を奪えば警護が必要になり、高尾山に出撃できる戦力は半減する。

幸四郎はそれを恐れ、冬九郎と行動を共にすることを決めたのだ。

「幸四郎殿の判断は間違げえねえだ。詳しいことはわからねえが、もし、あの金塊が江戸に届かなければ、いろいろ困ることが起きるような気がするだ。おら、このところ高尾山の山頂から、江戸の方角が赤く焼けるのを何度も見たが、あの火事も今度のことと絶対に関係あるだ」

冬九郎は、節くれだった太い小指を右の鼻の穴に突っ込み、ニヤリと笑った。

幸四郎も笑って返すしかなかった。


半蔵門を過ぎ、甲州街道を疾走する虎庵たち一行が、四谷の大木戸に差し掛かった時、虎庵たちの背後から一頭の蹄音が近づいてきた。

「待ってくれ、風魔の統領！」

津田幽斎は、大木戸の前で馬を止めた虎庵の脇に寄り、吉宗より預かった太刀を差し出した。

佐助、桔梗之介、亀十郎は万一に備えて身構えている。

「俺は根来衆の津田幽斎だ」

「大岡から話は聞いていたが、百年以上も前に豊臣秀吉に滅ぼされた、坊主集団の根来衆を侍で名乗る者がいたとはな」

虎庵は見知らぬ侍の登場に、怪訝そうな顔で答えた。

「それをいうなら、お前さんたち風魔とて同じだろう。そんなことより、上様から預かったものがある」

「上様から？」

「そうだ。紀州徳川家に伝わる名刀……」

「左文字か」

「いかにも。上様は高尾山の件、すべてあんたに委ねるつもりだぜ」

幽齋は人なつっこい笑みをみせ、持っていた刀を差しだした。

「なるほど。それでは上様に、左文字、確かに受け取ったと伝えてくれ」

「判った。それから府中宿の大国魂神社境内に、配下の者が代わりの馬を用意してあるぜ。よしなにしてくれ」

「そいつはありがたい」

「それから、これを」

幽齋は下馬すると虎庵の乗る馬の胸前に、金糸で三つ葉葵が刺繍された黒い前垂れを着けた。

それを見た木戸番が、閉じかけていた大木戸を慌てて開いた。

「なるほど、こいつは便利だ」

「いずれまた、顔を合わせることもあるだろう。話の先はその時に譲るとして、江戸の運命、お前さんに託したぜ」

幽斎はそういって馬から離れた。

「それじゃあ急ぐので。ハイヤッ」

虎庵は馬の尻に鞭を振り下ろした。

佐助たちも後を追う。

津田幽斎は、みるみる小さくなる虎庵の背に深々と頭を下げた。

2

背中の傷が痛むのか、不自然に背筋を伸ばした愛一郎が、後頭部をさすりながら居間に入ってきた。

「おはようございます。あれ、先生方は?」

長椅子に左平次と雅雅しか座っていないのを見た愛一郎が訊いた。

「これはこれは、愛一郎、昨夜は大活躍だったようじゃの。背中の傷は痛むか」

左平次が答えた。

「はい、大丈夫です。あの、虎庵先生は？」

「さっき、高尾山に向かわれた」

「それじゃあ、いよいよということですね。私もご一緒したかったなあ」

「その傷では足手まといになるだけじゃ。この老人もあと二十年若ければな」

左平次が乾いた笑い声を上げた。

「愛一郎さん、ありがとございます。それから、ごめんなさい」

雅雅が日本語でいった。

「いえ、いいんですよ。あの時、手を離してしまったのは私なのですから」

愛一郎は雅雅の向かいに座った。

突然、良仁堂に運び込まれた雅雅。

その背中の傷の治療を手伝った自分が、彼女と立場が逆転しようとは夢にも思わなかった。

「あのあと、雅雅さんはどうされたのですか」

「はい、人波に押されて気付いた時、周りはお寺だらけ。仕方がなく、南を目指して歩いたら、突然、大きなお寺の山門から駒之助が出てきて、腕をつかまれ、捕まったね」

雅雅はたどたどしいが、正確な日本語で話した。

「誰か一緒ではなかったですか」

「はい、背の大きな男がふたりと、背の小さな商人のような人。別れる時に、『それでは、三州屋さん、次は堺で』っていってたね。でも私、意味わかりません」

雅雅は小さく頭を振って俯いた。

「愛一郎、堺の豪商三州屋のことじゃ。三州屋唐十郎、出生は謎じゃが、米問屋、酒問屋、材木問屋が生業じゃ。昔から京の公卿や西国の大名相手に、抜け荷商売をしているという噂が絶えぬ男じゃ。江戸に出店はないはずじゃが、唐十郎が江戸に姿を現すとは奇異なことよのう」

「長老、まさか三州屋が……」

思わず身を乗り出した愛一郎は、背中を襲った激痛に顔を歪めた。

左平次は庭先に突然現れた気配に、俯いたまま横目で庭先の様子を窺った。

「おうおう、三州屋がどうしたって？　おう、愛一郎、虎庵先生はどうした」

木村左内は左平次と雅雅を一瞥すると、何もいわずに縁側に腰掛けた。

髪を島田に結い上げた女が雅雅とは、気付いていないようだ。

「木村様、先生は今朝方から芝の方へ往診に出かけております」

「ほう、芝へね。面白え話を聞かせてやろうと思ったのになな」

左内は残念そうに首筋を掻いた。

「木村様は確か南町の与力様でしたな。私は虎庵先生の遠縁の者で、足柄で材木商をしている左平次と申します」

「ほう、左平次さんか。そういえば、この間ここでお目にかかったが虎庵の野郎、紹介しやがらなかったからな。それがしは南町奉行所与力木村左内だ。あの野郎、どうも俺を舐めてるところがあるんだよな。これは秘密だが、昨夜半蔵門で偉慧栖座の役者が殺されたことを教えてやろうと思ってきたんだが、留守じゃしょうがねえな」

左内はそういうと腰を上げた。

「ほう、それは残念ですな。それでは虎庵様が芝から戻られましたら、その旨、お伝えしておきましょう」

左平次は左内の背中に話しかけた。

するると突然、左内が振り返った。

「芝か、芝といえば、昨日まで薩摩藩の蔵屋敷に来ていた、三州屋とかいう上方の材木屋の千石船は凄かったな。江戸の火事を見越していたかのように、材木を満載してきやがった。抜け目のねえ大坂商人なんだろうが、左平次さん、あんたも材木問屋っていったな？」

「はい、左様でございます。私も江戸で大火が続いていることを聞き、様子をみにまいったのですが、三州屋さんは千石船に材木を満載して江戸入りとは、やはり堺の豪商にはかないませんな」

「昨夜、荷下ろしを終え、川崎に向かったそうだが、三州屋の野郎、まるで江戸が燃えるのがわかってていやがったみてえだな、畜生め。ま、そんなことはどうでもいいや、虎庵先生によろしくな。お、そこの姉ちゃんも、虎庵は手が早いから気をつけるんだぜ。何かあったら、南町の与力木村左内を訪ねるんだぜ」

木村左内はそういうと、口笛を吹きながら去っていった。

「長老、三州屋の千石船が川崎に向かったって、まさか……」

「愛一郎、そのようだな。川崎で積むのは材木ではなく、武田の隠し金で間違いなさそうじゃのう」

「直ぐにお頭に知らせなくては。ううっ」

弾かれたように立ち上がった愛一郎は、背中を襲った激痛に顔を歪めた。

「愛一郎、慌てるでない。報告はお頭たちが戻られてからで十分じゃ」

「わかりました。それでは長老と雅雅さんは、お頭が戻られるまで別の部屋に移動していただきます」

「愛一郎、心配は無用じゃ。日当たりのいいこの部屋が気に入っておるのじゃ」

「そうは行きませぬ。おふたりに何かあれば、責められるのは私でございます」

「そうか、仕方がないのう」

左平次と雅雅は、愛一郎が開いた隠し部屋への入り口に向かった。


府中宿の大国魂神社で津田幽齋が用意してくれていた馬に乗り換えた虎庵一行が、甲州街道を走り抜け、冬九郎と幸四郎の待つ春泉寺に到着したのは昼前、江戸を出て二刻近くが経っていた。

「お頭、お待ちしておりました」

片膝を突いて出迎えた幸四郎と冬九郎が声を揃えた。

「ご苦労だった。幸四郎」

虎庵は下馬すると、背負っていた竜虎斬と吉宗から賜った左文字を預けた。

「お頭、こちらは山窩の村長冬九郎殿にございます」

「おお、話は風魔の里の左平次から聞いている。此度はいろいろ世話をかけた」

「なあに、私らも、妖鬼党の野郎どもには手を焼いておりましただ。これですっきり山掃除ができるというものですだ」

冬九郎は自分より大きな虎庵を頼もしそうに見上げた。

「うむ、とりあえず、エゲレス隊の様子を教えてくれ」

「はっ。それではこちらに」

立ち上がった幸四郎は、虎庵たちを寺の本堂へと誘った。

一同は仏像を背に座った虎庵を取り囲むように座った。

虎庵は幸四郎が広げた地図を覗き込んだ。

「幸四郎、この×印はなんだ」

「はい、冬九郎殿の配下が発見した、高尾山の地下坑道の入り口でございます。かれこれ四十ほど見つけましたが、とりあえずいくつか残して破壊しておきました。今朝方も中の様子を探りましたが、地中城と思われる広間には人影は見当たりません」

「誰もいない？」

「お頭、奴らは昨夜のうちに何処からともなく姿を現し、飯綱権現堂を占拠し、出立の準備を整えております」

「飯綱権現堂……なるほどな。おそらく権現堂のどこかにも、地中城へ繋がる秘密の通路があるのだろう。薬王院の僧侶たちは無事か？」

「わかりませぬ。薬王院には今朝方から、参拝客がひっきりなしにきておりますが、寺はいつもと変わりませせぬ」

「エゲレス兵どもは、かなり訓練された奴らのようだな。いずれにしろ、参拝客がいる間は動くまい。日が落ちてからが勝負だが、とりあえず、参拝客に混じって奴らの状況を掴まねばなるまい。こちらの戦力はどうなっておるのだ」

「はい、高尾山頂上には冬九郎殿配下の鉄砲隊が百人。南側の相模川流域の山中にも百人、参道沿いの山中には風魔と山窩二百人が潜んでおります」

幸四郎は報告した話を確認するように冬九郎の顔を見た。

冬九郎は間違いないというように、何度も頷いた。

「総勢四百か。こちらから先手を打てば、エゲレス兵は薬王院に籠城するか、地中城に引き返すことは目に見えている。そうなれば持久戦になり、明日に控える幕府のエゲレスとの交渉が不利になる。それに我が方の軍勢にも、かなりの被害が出ることは必定だ」

「お頭、奴らはなにを合図に、江戸に向かうんでしょうか」

「佐助、火事だよ。高尾山の山頂から、江戸の火事はよく見えるそうだ」

不安げな佐助に幸四郎が説明した。

「それじゃあ、お頭。火付け役の偉慧栖座一党を皆殺しにしちまってよかったんですか……」

「佐助、心配は無用だ。今宵六つ、内藤新宿の十二社権現、千駄ヶ谷八幡宮、中野御犬小屋跡あたりの空き地で、盛大に火を焚くよう新八に命じてある」

「なぜそのようなことを？」

「駒之助がいった『あれで最後と思うなよ』というひと言だ。奴らは幕府の回答期限の前日、だめ押しで江戸に火を付けるつもりだ。しかも、その火事はもうひとつの意味がある」

「高尾山への合図をですか」

「そういうことだ」

虎庵は二度、ゆっくりと頷いた。

「エゲレス軍はその合図を見て行軍を始めるはずだ。エゲレス兵が薬王院を出て大杉並木を通過し、男坂、女坂の分岐点にたどり着いたところで、高尾山頂上の冬九郎の鉄砲隊が二十人づつ、エゲレス軍の背後から五回、天に向かって連続射撃を加える」

「お頭、天に向かって撃つって、エゲレス兵を殺さんでええだか？」

「冬九郎、この銃撃のために下手に奴らに近づけば、火縄の臭いで感づかれるやも知れぬ。絶対に奴らに感づかれぬように距離をとり、射撃音だけで奴らを確実に追い立てるのだ。射撃音を聞いたエゲレス兵は、薬王院に戻るより山中の森の中に散開するはずだ。冬九郎、男坂、女坂両脇の山中に、罠を仕掛けてもらいたいのだが」

「お頭、そのあたりにぬかりはねえだ。奴らが森に逃げ込んで木の幹を盾にしたら、へへへへ、エゲレス兵は樹上から次々と舞い降りる天狗に、地獄を味わわされることになりますだ」

冬九郎は舌なめずりした。

「うむ、いずれにしろ男坂、女坂は下り坂。敵も長くはとどまるまい。敵が移動を始めたら火矢を打て。それを合図に鉄砲隊が、ふたたび空に一斉射撃を加える。坂の合流から浄心門、タコ杉までの下り一本道。敵は二度と森に入れずに、参道を下りながらの進行を余儀なくされる」

「お頭。我らは……」

「幸四郎、慌てるな。風魔は浄心門付近の参道両脇に四十人ずつ配置し、一斉にクロスボウで射撃する。我等はタコ杉で最後の城壁として敵を迎える。良いか、敵は連射性に優れ、雨にも強い最新のフリント銃を装備していることを忘れるな。一晩かかってもかまわぬ、夜陰に乗じて波状攻撃を繰り返し、ひとりずつ確実に敵を殲滅する。恐怖のどん底の中で、皆殺しにするのだ。幸四郎、日が落ちるまではまだ間があるだろう。もう一度、全軍の陣形と指揮系統を確認し、皆に少し休息を与えてくれ」

「はっ！」

幸四郎は返事をするや、風のように姿を消した。

「お頭も、少し休まれてはいかがですか」

佐助がいった。

「そうだな。だが、やはり気になるのは、奴らが何を考えているかわからぬことだ。奴らが船に積んでいたアヘンを、幻覚薬として使うとは思いもしなかった。奴らに襲われた村も、幕府軍と同じようにほとんど抵抗することもできず、激しい睡魔と幻覚に怯えながら殺されたはずだ」

「そうかと思い、今回は高尾山の南側にあたるこの地を本拠と決めました」

「奴らが地中城を出たのは、明日行われる幕府の回答に対しての準備のはずだ。エゲレスの軍船が品川に姿を見せて以来、幕府は高尾山に派遣した討伐隊を殲滅され、二度の火事が起きたにもかかわらず、高尾山に追討隊を派遣しようともしない。交渉はエゲレスの思惑通りに進んでいると考えているだろう。しかも、金塊もどこぞに運び出された。あとは今宵の江戸の火事騒ぎのどさくさにまぎれ、薬王院に潜んだ百人もの軍隊が江戸市中に侵入する。将軍にしてみれば、御城に軍船の大筒を向けられた上に、咽喉元に刃を突きつけられたようなもので、もはや幕府は手も足も出るまい。それが奴らの読みだろう。そう考えれば、ここにいるエゲレス軍は、是が非でも江戸にもどらねばならぬ。そこが狙いよ」

虎庵はゆっくりと立ち上がると全身で伸びをし、その場に横たわった。

そしてまもなく、寝息をかき始めた。

3

薬王院へと続く山道を次々と参詣客が下りてくる。

誰もが満願成就を願い、遠路はるばる高尾山を目指してきたのだろう。

どの顔も充足感に満ち足りた、柔和な笑みを浮かべている。

参道入り口にある茶屋には、虎庵、桔梗之介、亀十郎、そして佐助と十人の精鋭部隊が参詣客に化けて潜んでいた。

「お頭、そろそろ暮れ六つ、参詣客も皆、帰ったようです」

「うむ。いよいよだな」

虎庵は冷めた茶を飲み干して立ち上がると、吉宗から拝領した左文字の太刀を帯に差した。

その時、遥か上にある薬王院の方で、闇をつんざく爆発音がした。

冬九郎の鉄砲隊が放った銃声は断続的に五回なった。作戦通りだった。

「いよいよだな。皆の者、参るぞ！」

「はっ！」

虎庵は羽織っていた着物を脱ぎ捨てた。

純白の唐人服となった虎庵は、漆黒の参道に向かって走り出した。

一方、仏舎利塔から五町ほど下った参道脇の森では、

「臨！　兵！　闘！　者！　皆！　陳！」

控えた幸四郎が九字護身法を叫びながら、両手で印を結び始めた。

九字護身法は忍者が修行で入山する際に行う魔除けの秘術だ。

幸四郎が六文字目の「陳」を叫んだ時、配下が一斉に立ち上がり、七文字目の「在」で一斉に片膝を突いた。

風魔の立ち選りと居選りの術だった。

風魔の立ち選りと居選りは、暗号によって一糸乱れぬ行動をすることで、味方に侵入した敵の存在を明らかにする法だ。

号令によって一瞬にしてしゃがみ、一瞬にして立ち上がることによって、張り詰めていた緊張、こわばっていた全身の筋肉が一気にほぐれた。

「皆の者、いよいよだ。散開っ！」

幸四郎の号令に、配下の風魔は一斉にそれぞれの持ち場へと散った。

猿のように樹上に登る者、岩陰に身を隠すもの、下草にまぎれる者、まさに一瞬の出来事だった。

一方、背後から聞こえた轟音に、四列縦隊で行軍しているエゲレス軍の最後尾にい

た男がサーベルを振りぬき、何事かを叫んだ。

隊列の前後で松明が激しく揺れた。

百人を越えるエゲレス兵が瞬時に散開し、道幅一杯に三十名ほどの鉄砲隊が片膝を突いて構えた。

その背後で十名ほどの将校と思われる男たちが、いっせいにサーベルを抜いた。

しばしの間があって、エゲレス兵が散開した左右の漆黒の森のあちこちで、散発的に銃声がこだました。

続いて続々と奇声が響き、さらに何発もの銃声が鳴った。

道幅いっぱいに銃撃体勢をとった兵士たちの目に、異様な緊張と怯えが宿った。

森に入ったエゲレス兵たちは、すぐさま手近な木の幹を見つけると、幹を盾にして銃を構えようとした。

しかし、木の根元には鋼の撒き菱が、天狗たちによって無数に撒かれていた。

鋭い撒き菱はエゲレス兵の厚い革の靴底を貫き、激痛でもんどり打ったエゲレス兵の全身の皮膚に食い込んだ。

もはや銃撃どころではない。

エゲレス兵が銃などそっちのけで、全身に突き刺さった撒き菱を取り払おうとしたとき、樹上から真っ赤な天狗の面を被った山伏姿の男たちが次々と降下した。

上段から振り下ろされた短めの刀は、エゲレス兵の脳天に、肩に、首に次々と食い込んだ。

黒と白の装束を纏い、血のような朱色の面は異様に鼻が伸び、大きなぎょろ目、口も大きく開かれ、歯がむき出しになっている。

エゲレス兵は漆黒の闇の中から、突然、舞い降りた天狗の異様な姿に、まるで悪魔でも見たかのように恐れおののいた。

「ヘルプ！」

まだ十代と思しき血だらけの青年がひざまずき、十字を切って手を組み、必死の形相で祈った。

しかし、そんな若者にも天狗の刃は容赦なく突き刺さった。

夥しい血煙の中、高下駄をはいていた天狗たちは、撒き菱だらけの地面を苦も無く走り、次々とエゲレス兵の首を刎ねる。

エゲレス兵は天狗の斬撃に銃剣で応戦するが、山中における白兵戦は修験道行者の天狗たちの敵ではなかった。

「ノーッ、ヘールプーッ！」

断末魔とも思える悲鳴が響き渡ったのを最後に、山中に静寂が流れた。

しかし次の瞬間、エゲレス鉄砲隊の左側の斜面から、主を失ったエゲレス兵の首が、ゴツゴツと不気味な音を立てながら転がり落ちてきた。

鉄砲隊は即座に銃撃で応戦するが、すでに天狗どもが姿を消した漆黒の森に、ろくに狙いも定められぬまま、引き金を引くしかなかった。

森のあちこちで天狗の攻撃を逃れたエゲレス兵が、必死で山中を転げながら本隊を目指した。

しかし無情にも避難するエゲレス兵たちを襲ったのは、仲間が発射した弾丸だった。

仲間の銃撃も逃れ、森から次々と飛び出して参道に戻ったエゲレス兵は、凄まじい返り血で全身を濡らし、恐怖に泣き叫んだ。

再び指揮官と思われる男が何事かを叫んだ。

一瞬にして四十人近い同胞を失ったエゲレス兵は、一斉に退却を開始した。

だが目前で起こった経験したことの無い惨劇に、すでに規律を失った烏合の衆と化していた。

松明を持った指揮官は男坂と女坂を見比べ、瞬時に平坦な道の男坂を指示したが、それがエゲレス兵たちの悲劇だった。

指揮官が選んだ男坂は一町ほど平坦な道がつづくが、その先は百八段に及ぶ急激な石段になっている。

そんな事情も知らず、脱兎の如き勢いで退却するエゲレス兵は、暗闇の中に突然現れた階段に気付かず、次々と転落していった。

しかも石段を降りた先の森には、クロスボウを構えた八十名の風魔が闇にまぎれている。

悲鳴を上げながら、エゲレス兵は次々と石段を落下した。

なんとか立ち上がったエゲレス兵は、足を引きずりながら退却を続ける。

態勢を整えようとする指揮官の声だけが、むなしくこだました。

浄心門脇に潜んでいた幸四郎は、もはや軍隊としての規律も規範も失い、命からがら生き延びようとするエゲレス兵を冷徹に観察した。

「まだだ、よいか、目一杯引きつけるのだ。よし、火を投げい」

ガンドウで隠されていた松明が、次々とエゲレス兵に投げつけられた。

驚いたエゲレス兵はその場に立ち止まり、森に向かって銃を構えた。

炎に浮かんだエゲレス兵たちの顔はこわばり、引きつっている。

恐怖に泣き叫ぶ者、訳の分らぬ言葉を喚き散らして発砲する者、そのほとんどが血まみれとなり、足を引きずりながら逃げてくる。

「撃てぃっ！」

甲高い幸四郎の号令に、周りの木立から数羽の鳥が飛び立った。

次の瞬間、森の中で禍々しいほどの殺気が渦巻いた。

エゲレス兵たちの目に、暗い怯えが奔った。

一斉に放たれた八十本の矢が、異様な音を立てながらエゲレス兵の全身を貫いた。ある者は両目を射抜かれ、ある者は頭蓋骨を打ち砕かれ、ある者は全身にハリネズミのように短い矢が突き刺さった。

幸四郎は森から飛び出し、よろよろと亡霊のように歩くエゲレス兵に斬りかかった。そして次々と息の根を止めた。

風魔が二の矢をつぐ間隙に、少し遅れて到着した八人の将校たちが、サーベルを振り回しながら猛烈な勢いで浄心門に突進した。

「追うなっ！」

すばやく身をかわした幸四郎は、追撃態勢をとった配下に命令すると、

「ママ、ママ」

と呻きながら足もとで蠢くエゲレス兵の胸に、無言で刀を突きたてた。

「よいか、奴らは金に目が眩んだ侵略者、情けは無用！　皆殺しだ！」

幸四郎の号令に、森から飛び出した風魔は、まだ息のある瀕死のエゲレス兵たちに次々と止めを刺した。

脱兎のごとく参道を走り抜けるエゲレス将校の足音が、地響きとなって高尾山の闇を揺るがした。

「皆の者、いよいよだ。心してかかれっ」

虎庵は左文字を抜いた。

「お頭、敵は八人です」

地面に耳を当て、様子を窺っていた佐助がいった。

中央の虎庵を囲むように、左側には桔梗之介と亀十郎、右側に佐助が立つ。

次々と走ってきたエゲレス兵の背後を桔梗之介の配下が取り囲んだ。

男たちは揃いもそろってひげ面で、六尺を越える大男だ。

扇型に広がった将校たちは一斉に右手に持ったサーベルを突きだし、左手を耳のあたりまで上げた。

「ガッデム！」

桔梗之介の前にいた一番大柄な男が叫びながら、強烈な突きを繰り出した。

剣も抜かずに幽霊のように立っていた、桔梗之介の体がゆらりと揺れた。

大男の切っ先は、無情にも桔梗之介の右側の空を突き抜けた。

次の瞬間、一瞬にして引き抜かれた桔梗之介の斬馬刀が、美しい弧を描きながら大男の腕を斬り落とした。

一瞬の出来事に声も出せず、跪いた大男の首に桔梗之介の右腕一本の斬撃が繰り出された。

大男の首は、音もなく切り落とされた。

大男の首から吹きあがる血飛沫を合図に、将校たちは大声で喚きながら、一斉に反撃に移った。

亀十郎には、ふたりの将校が同時に斬りかかった。

しかし、亀十郎が繰り出した胴田貫の一閃は、激しい火花を上げてふたりのサーベルを根元から叩き折った。

ひとりの将校が腹帯に差していた短銃を抜こうとした。

だがそれをみた亀十郎の斬撃が将校の肩口を捕え、竹を割るように一気に上半身を切り裂いた。

そのまま直角に振りぬかれた胴田貫は、逃げようとする将校の背中を斬り裂いた。

あと五人。

佐助が囮となったことも知らず、四人の将校が追撃した。

佐助は目前にあった地蔵を踏み台にして大跳躍した。

恐るべき佐助の跳躍は二間を越え、頭上に張り出していた欅の枝を掴むや、そのまま逆上がりをした。

佐助を深追いした将校たちが振り返ったとき、一斉に十本の風魔の手裏剣が飛んだ。

「ドカッ、ドカッ、ドカッ」

エゲレス人将校たちの骨を打ち砕く音が響いた。

残すは司令官ただひとり。

虎庵はいきなり英語で話し始めた。

佐助たちは、虎庵の戦いを見守るように囲んだ。

『たかが金塊のために、汚ねえ手を使いやがって』

『金の価値もわからぬ、極東の猿がなにをいうか』

エゲレス人は胸のボタンをはずした。

『お前さん、すでに部下は全滅したぜ。この国では、そういうときにはみずから腹を斬る。それが武士道だ。お前さんの国にも、騎士道というのがあると聞いたが、こういうときはどうするんだい』

『仕方がないな』

司令官はそういうと、左手でサーベルの鞘を持った。

そしてゆっくりと右手を動かす。

しかしサーベルの柄を掴むはずの右手は、そのまま腹帯に差し込まれた短銃のグリップを掴んだ。

その瞬間、虎庵は目にもとまらぬ早業で刀を抜き、その腕を切り落とした。

右手を失った司令官は、もはやサーベルを抜くこともできない。

鮮血を噴出す右腕を抱えるようにしてうずくまった司令官が、もう一丁隠し持った短銃を左手で抜き、虎庵の額に銃口を突きつけた。

『笑止。それがエゲレスの騎士道か』

『いいから刀を捨てろ』

虎庵はいわれるまま左文字を投げ捨てた。

虎庵を人質に取られては、佐助たちはどうすることもできない。

『さっさと撃ったらどうだ』

虎庵がいった。

『お前はバカか。お前を殺したら俺の命もない。ふふふ、最後まで諦めないのが騎士道だ』

司令官はそういうと、銃口を虎庵の額に当てたまま虎庵を振り返らせた。

だが虎庵が振り返った瞬間、体を前屈させながら振り上げられた虎庵の右足が、司令官の股間を直撃した。

「ウグッ」

司令官が思わず股間を押さえた。

振り向きざまに繰り出された、虎庵の右回し蹴りが司令官の首を捉えた。

力を抜いた蹴りとはいえ、司令官はその場に腰を落とした。

衝撃でぼやけた焦点を元に戻そうと、司令官は二度、三度と首を振った。

『立てっ！』

虎庵は低い声で叫ぶと、司令官の顔面に唾を吐いた。

『クソッ』

司令官はゆっくりと立ち上がり、ひとつしかない拳を構えた。

『それほど命が惜しいか』

虎庵は右足で再び、司令官の股間を抉るように蹴り上げた。

紙一重で蹴りを避けた司令官が不敵な笑みを浮かべた。

だが次の瞬間、空を切ったはずの虎庵の右足の踵が、猛烈な勢いで司令官の脳天に落下した。

あまりの衝撃に、司令官がみずから噛み砕いた歯が飛び散った。

一瞬、腰を落とした虎庵は、そのまま右手を突き上げた。

右手の掌底が、ふらつく司令官の顎を捕えた。

再び強烈な衝撃を受けた顎は、折れる歯もなく顎の骨自体が砕けた。

虎庵は傍らに落ちていた短銃を拾うと、銃口を司令官の血まみれの口に突っ込んだ。

『助けてくれ』

司令官は懇願したが、口に銃口を突っ込まれていては言葉にならない。

『何をいっているのか、まるでわからねえ』

虎庵は容赦なく引き金を引いた。

物凄い発射音とともに撃ちだされた弾丸は、司令官の延髄を切断し、背骨を貫通した。

「けっ、胸糞悪い野郎だ。将軍様から貰った刀の錆にするのも汚らわしいぜ」

虎庵はそういうと短銃を佐助に渡し、転がっていた左文字を拾いあげた。

様子を確認に来た冬九郎と幸四郎の背後に、無数の黒装束と天狗が見えた。

「冬九郎、幸四郎、悪いがこ奴らの骸は、高尾山の地中城に運び、地下の坑道もろとも爆破してくれ。それから……」

虎庵は幸四郎に耳打ちした。

「ええっ！　お頭、本気ですか」

幸四郎は眉間に深い皺を寄せた。

「ああ、本気だぜ。さ、ここは終いだ。冬九郎たちは山に戻ってくれ。そうだ、冬九郎、何か欲しい物はあるか？」

「山の中じゃ金など貰っても仕方ねえだ。お頭たちが乗ってきたあの馬がいいだ」

「よし。江戸に戻ったら馬二十頭、風魔谷に届けさせる。さあ、江戸に戻るぞっ！」

虎庵の声に、辺りに集結していた一同が一斉に勝鬨を上げた。

戦いを終えた猛者たちの勝鬨が、高尾山中の木々を震わせた。

4

全身血塗れになった虎庵たち一行が、良仁堂に戻ったのは明け方近くだった。

「お、御帰りなさいませ」

迎えに出た愛一郎は虎庵たちの凄絶な姿をみて、激闘の凄まじさを悟った。

背中の傷の痛みも忘れ、腰を直角に折った。

「おお、ご苦労」

「お頭、湯が沸いておりますので、風呂をお使いくださいさい」

「それは気がきくな。御苦労」

「あ、お頭、それから駒之助が、三州屋の……」

「駒之助？　いいから風呂が先だ。話は後で聞く。佐助、桔梗之介、亀十郎、面倒くせえから、お前らも一緒に入れ」

虎庵はそういうと血まみれの唐人服を脱ぎ捨てた。

ほどなくして湯から上った虎庵が縁側で涼んでいると、愛一郎が冷えた酒を持ってきた。

「で、駒之助がどうしたって」

虎庵は愛一郎に、背中を向けたままいった。

その時、木戸が開き左平次が居間に姿を見せた。

「お頭、お勤めご苦労様に御座います。して、首尾のほうはいかがでしたかな」

左平次は長椅子に座った。

「上々だ。もはや江戸市中に、エゲレス艦隊の切り札はなくなったぜ。後は江戸の恐ろしさを船にいる連中に思い知らせてやるだけだ」

「それはようございました。ところで昨日、雅雅さんにうかがったのですが、雅雅さんが山田駒之助に捕らわれたとき、駒之助は堺の豪商三州屋唐十郎と会っていたそうです」

「堺の三州屋？」

虎庵は怪訝そうな面持ちで振り返った。

「左内様の話では、最近、三州屋の千石船が大量の材木を積んで薩摩藩蔵屋敷に来たそうで、荷下ろしを終えると一昨日のうちに川崎に向かったとか」

「長老、それはまことか」

「はい」

左平次は大きく頷いた。

「なるほどな、三州屋といえば密貿易と抜け荷の噂が絶えない豪商だ。薩摩藩はともかく、野郎がエゲレスと繋がっていても不思議はねえ。それで三州屋の千石船は今、どこにいるんでえ」

虎庵は立ち上がり、左平次の向かいに座った。

「新八に調べさせましたところ、羽田沖に停泊しているそうです。空荷のはずなのにやけに喫水が下がっているとか」

「武田の隠し金は積み終えたということか。どれだけ積んだかはわからねえが、そう簡単に逃げられそうもねえ量ということか」

虎庵は愛用の長煙管にキザミを詰めて火を点けた。

木戸の向こうで佐助の声がした。

「先生、お奉行様と、お連れ様がふたり、お見えですが」

「いよいよか。よし、隠し部屋に通してくれ」

「はい」

返事の後、佐助の気配はすぐになくなった。

着替えを終えた虎庵が地下の隠し部屋の木戸を開けると、すでに吉宗、大岡忠相、津田幽齋の三名が巨大な卓についていた。

「お待たせいたしました」

虎庵は一礼すると、壁に筆架叉が飾られた一番奥の席に着いた。

「虎庵殿、高尾山の守備はどうだ？　八王子千人同心からの報告では、昨夜、大きな爆発音を聞き、すぐに高尾山に向かったところ、参道に夥しい血溜りがあるのに遺体がどこにもなかったとか」

　大岡が身を乗り出した。

「高尾山の地中城に潜伏していたエゲレス隊総勢百二名、昨夜半、天誅を下し皆殺しにしました。ただしっ」

「んん？　ただし、いかがした」

　妙に声を荒らげた虎庵に、吉宗は眉間に深い縦皺を刻んだ。

「地中城の隠し金は、すでに運び出されておりました」

「武田の隠し金、本当のことだったのか。だが品川沖のエゲレス艦隊は我らがずっと取り囲んだままで、何かを積み込んだ形跡はないが……」

「羽田沖に停泊している、千石船に積み終えたようです」

　虎庵は淡々と語った。

「千石船？　誰の船だ」

「上様は高尾山の地中城に潜伏したエゲレス兵への天誅より、隠し金の行方が気になっておられるようですな。上様、此度の一件で、御庭番、伊賀組、甲賀組、すでに三百を超える者どもが命を失っておることをどうお考えか」

「そのようなことはわかっておる」

「上様は伊賀組、甲賀組をはじめとする忍びがいるにもかかわらず、我ら風魔を復活させた。その理由は幕閣のみならず、伊賀や甲賀の者までが、百年の太平で腐臭を放ち始めていたからでしょう」

「さすがだな。その通りだ」

「上様、まさか此度の戦で、その者どもの始末を……」

「虎庵殿、エゲレス艦隊に回答する期限が迫っているのだ。まずは武田の隠し金の行方を教えてはくれぬか」

大岡が吉宗を見据えて話す虎庵を制するようにいった。

このまま虎庵に発言を許すことで、将軍の本音を引き出させるわけにはいかなかったのだ。

大岡の心中を察した虎庵は、素直に答えた。

「金塊を積んだのは三州屋唐十郎の千石船。此度の連続火事を見越したように、材木を満載して江戸表に現れ、薩摩藩の蔵屋敷に荷下ろしを終えた船です」

「上様、三州屋唐十郎は、薩摩藩に材木を納める堺の豪商にございます」

吉宗と大岡は思わず顔を見合わせた。

「虎庵殿。此度の件に、島津が関わっているということか？」

「大岡様、それはわかりません。だが海禁といいつつ、オランダと清国、蝦夷と朝鮮は例外にし、一部の藩にだけ貿易を許すなどという姑息な手を使えば、よからぬことを考える者が出たとしても不思議はありませぬ。して上様、本日暮れ六つが刻限の回答は決まり申しましたか」

「うむ、エゲレスへの海禁は解かぬ」

「海禁反対は、上様の持論ではございませぬか」

「そうだ。この国がいつまでも国を開かずにいれば、ますます世界の動きから取り残されていく。だが虎庵、今の幕藩体制で不用意に開国すれば、足利家の室町幕府の轍を踏み、再び戦乱の世になることは目に見えておる」

「国交とは、その国の王と王が結ぶもの。清国にしろ西欧の王国にしろ、日本では帝と将軍が両立しているなどという二枚舌は通用しませぬ。上様は他国に対し、この国の王であることを宣言できますか？」

虎庵はもう一度、吉宗の目を見すえていった。

虎庵の問いに、吉宗は返す言葉もなかった。

「大権現様は海禁など望んでいなかった。信長様同様、自らが王となり、徳川家が王家として、国を治めるつもりだったと私は信じております。しかし、秀忠、家光は武断を標榜しつつ、所詮は褒賞目当ての家老どものいいなりになった。キリスト教の蔓延阻止などとは笑止千万」

「たしかにな。国を開けば、元寇のときのように他国の侵略を防衛するために、武士が戦う危険が生じるが……」

「上様、元寇の時もそうであったように、褒美の期待できない戦には命を賭けぬ、それが武士の本質です。海禁を解くには帝を廃し、すべての大名家を取り潰し、将軍がこの国のすべての武士たちの主となること。その王の名の下に、戦で褒美を望まぬ国軍を組織するほかありませぬ。上様にそれができますか？」

虎庵は畳み掛けた。

「虎庵殿、口が過ぎまするぞ」

大岡が虎庵を制した。

「笑止！　太平の世も百年を越え、もはや幕府には分け与える土地もなく、戦を忘れた武士たちは褒美代わりに与えられる官位に一喜一憂している。そしていつの間にか国を持たぬ旗本が、国持ちの大名より官位が上になるなどという愚挙を見逃しておいて、たわけたことをぬかすなっ！」

虎庵は不用意に話を止めようとした大岡に一喝した。

「虎庵……」

立場が人を作るというが、虎庵が十代目風魔小太郎を継嗣してわずか一年。目を見張るような虎庵の成長に、吉宗は感心した。

「大岡殿、あえて訊きましょう。たかが幕臣にもかかわらず、高家をかさに着て私腹を肥やしていた、吉良上野介を成敗しようとした大名の浅野が、なぜ腹を切らなければならぬのだ」

「そ、それは……城内での刃傷沙汰はご法度ゆえ」

「笑止。その法度も城内の小役人どもが、大名からの手打ちを恐れて決めたことではないのか」

虎庵は苛立っていた。

武田の隠し金を奪うために、私利私欲のために江戸を焼き、罪もない人々を焼き殺したエゲレス兵たちは許せない。

だからこそ風魔は、正義の名の下に命がけで天誅を加えた。

だが不用意にことをすすめ、多くの伊賀や甲賀の忍びを死なせただけの幕府の正義、幕閣の正義とはなんなのか。

「虎庵、そう忠相ばかりを責めるな」

吉宗が、か細い声でいった。

「上様、自分たちに都合のよい法度を作っては民を苦しめ、生類憐れみの令のごとき失政を行っても、責任を取らぬ役人どもを許した将軍家にも責任はあります。海禁の是非を悩む前に、役人どもの行なった失政失策の責任は、一命をもってとらせるという法度を考えられてはいかが。保身しか考えぬ、家名頼りの幕臣ではなく、身分低き者でも、国のため、民のために奉仕する精神と才ある者を取り立てる、試験を行なわれてはいかがか」

「そのほうのいうとおりだ。この通りだ」

吉宗は素直に頭を下げた。

「虎庵殿、お前さんのいうとおりだよ。それくらいで、もういいだろう。いまはそれより大事なことがあるんじゃねえのか」

津田幽齋が口を挟んだ。

虎庵は幽齋の言葉に、一瞬で我を取り戻した。

「それもそうだな。津田殿、私は品川沖に停泊するエゲレスの軍艦二隻、すべてに天誅を加えるつもりだ。ゆえに私も通訳として、交渉の席に同席する許しを願いたい」

「それはかまわぬが、エゲレスにはなんと返事をするのだ」

「エゲレスの国交および通商再開の要求、受け入れることと致しましょう」

「受け入れるだと？」

「はい。もし拒否すれば奴らはそれを理由に、即刻大砲を発射して江戸に火を放ち、金塊とともに逃走するでしょう」

「だが幕府には、エゲレスの最新艦を追撃できる軍艦はない」

「だからこそ、ここはひとまず要求を受け入れるのです。そして二日後に、江戸城内にて正式調印ということにするのです。非公式に来日したにも拘わらず、わが国との国交と交易を再開させたとなれば、スコット提督にしてみれば大手柄です。さすれば奴らは、攻撃することも逃げることもできませぬ」

「しかし虎庵よ、高尾山に潜伏した兵士は、風魔によって殲滅された事を奴らは知らぬ。兵士たちがそろそろ江戸に姿を見せると考えているはずだぞ。その件はいかがするつもりだ」

「上様、ですから私が同席するのです。ご安心めされよ。それでは私は準備がありますので、これにて」

虎庵は吉宗がエゲレス兵への天誅より、金が気になっている様子が気に入らなかったが、ぐっと堪えて頭を下げた。

「虎庵、頼んだぞ」

吉宗たち三人は立ち上がると、隠し部屋を出た。

「佐助、新八に命じ、すぐさま羽田沖の千石船にいる三州屋唐十郎に天誅を加えよ」

「はい」

佐助は理由を聞くこともなく一礼し、部屋を出た。

5

暮れ六つ、江戸の海はべた凪だった。

エゲレス軍艦マリア号に横付けされた安宅丸から架けられた板の上を大岡忠相、津田幽齋が渡り、虎庵と桔梗之介、佐助が後に続いた。

安宅丸、マリア号ともに、船腹にある大砲はむき出しで互いの土手っ腹にいつでも発砲できる状態にある。

これでは交渉がどうあれ、互いに迂闊なことをできない。

エゲレス将校の案内で、虎庵たち一行は艦長室に案内された。

スコット提督は、一目瞭然の作り笑いを浮かべ、大袈裟に両腕を広げて五人を艦長室に招じ入れると、中央のテーブルに着くよう促した。

六尺を越える虎庵より一回り背の高いスコット提督は、周りにいる士官どもとは違う異様な気を放っている。

おそらく、多くの命を奪ってきた者ならではの、吐き気を催す冷酷な妖気だ。

「早速だが、結論を申す」

席に着くなり、大岡はいきなり切り出した。

虎庵は流暢な英語で通訳しようとすると、スコット提督は不満げな顔で聞いた。

『今日は駒之助が通訳ではないのか』

『私の英語を聞けば、山田殿と交代した理由は明白であろう』

『なるほど、では早速、将軍の返事を聞かせてもらおう』

虎庵は右隣にいる大岡に、結論を伝えるよう促した。

大岡は大きく頷くと、書状を広げて読み上げた。

『将軍吉宗は、国交と通商の再開を望む貴国の要求を受け入れることとする。正式調印は明後日正午、江戸城にて行うものとする』

虎庵が通訳すると、眉間に深い皺を刻んでいたスコット提督の顔が、見る見るほころび始めた。

『ほう、それはめでたい。将軍もようやくその気になったか。では、明後日、江戸城に伺うこととするが、遭難したまま行方不明の我が英国軍兵士の引渡しは、どうなっておるのだ』

スコット提督は不敵な笑みを見せ、葉巻を咥えて火をつけた。

そして虎庵の顔に煙を吐きかけた。

「佐助、荷物を卓の上に載せろ」

虎庵の命令に従い、佐助は卓の上に樽を四つのせた。

『これはなんだ』

『高尾山付近で村を襲った盗賊どもと、江戸に火を放った者だ』

虎庵はそういうと一番右側の樽を抱え、中身をスコット提督の前にぶちまけた。

中身は切り取られた英国兵の無数の耳。

スコットは思わず身を引いた。

『な、なんだ、これは』

『盗賊どもの耳だ。遺体をすべてこの艦に運んでもよかったが、そちらも困るかと思い懇ろに葬った。そしてこやつがその盗賊どもの首領と、放火犯の首領だ』

虎庵は目の前にある二つの樽の蓋を取った。

中には塩漬けにされた、英国兵指揮官と山田駒之助の生首が入れてあった。

『ふ、ふざけるな』

スコット提督は怒鳴ったが、樽の中身が放つ異臭に嘔吐した。

『その方がどのような判断をしようが、この者どもの犯行は明白。八王子でアヘンなどという姑息な手を使い、罪無き女や子供を殺害したばかりか、徳川軍三百名まで皆殺しにした。捕らえた盗賊一味百二名は即刻全員打ち首、放火犯一味十名も打ち首とした。この首を貴国に献ずるは、わが国のしきたり。黙って受け取られよ』

『将軍はこのような真似をして、ただで済むと思っておるのか』

『何を申すか。エゲレス王家の親書も持たずにわが国に侵入し、無礼にも国交と通商再開を迫ったのはそちらではないか。本来なら、その方もこの者たちと同じ目にあうところだったのだ』

淡々と説明する虎庵の全身から放たれる殺気に、スコット提督は黙った。

その背筋に冷たいものが流れた。

死者の耳を削ぎ取り、生首を塩漬けにして平然と届ける。

日本の武士たちの野蛮な振る舞いは、スコット提督の理解の範疇を越えていた。

『とはいえ、その方の国交および、交易の再開要求ももっともだ。将軍はかつて一方的に、国交と通商を打ち切った貴国の非礼は水に流し、その方らの要求を飲もうというのだ。さぞかし貴国の王家も喜ばれよう。親書も持たずに正式調印書を持ち帰れるとは、その方も大手柄ではないか。そしてこれは、その方への将軍からの褒美だ』

虎庵はそういうと、最後の樽の蓋を開けた。

中には同じように塩漬けとなった三州屋唐十郎の生首が入れられ、半開きになった口が小さな風魔の金貨を咥えていた。

生首の周りには、拳骨ほどの武田の隠し金の金塊が四つ配されていた。

陰謀のすべてが、幕府に露見していることを悟ったスコット提督は唇を噛んだ。

『ふふふ、そういうことか。いずれにしても明後日の昼の正式調印、楽しみにしておると将軍に伝えてくれ。もしその言葉に偽りがあれば、江戸は火の海になるとな』

『さようか。それでは明後日の朝九時に迎えの船をよこす。その方らも、将軍に非礼なきよう、しかと準備を整えられよ』

虎庵が深々と頭を下げると、大岡たちも頭を下げた。

虎庵たちは安宅丸に戻ると、すぐに艀に乗り換えた。

「大岡殿、あのスコットという提督は王と国に忠誠を誓い、さぞかし戦功をあげてきたからこそ提督になれたはずだ。にもかかわらず、外国に行っては私欲に溺れて盗人まがいに振舞う。嘆かわしいことよのう」

唐突に虎庵がいった。

いつの間にか虎庵の殺気が消えていた。

「それにしても、削いだ英国兵の耳をぶちまけ、塩漬けの生首とは……あのようなことをして、よく無事で帰れたものだ」

大岡は虎庵の人知を超えた大胆な言動に、脅威と畏怖の念すら覚え、大きなため息をついた。

「スコットは百人を超える部下を殺され、武田の隠し金略奪にも失敗した。ゆえに野郎はこちらが撒いた、通商再開という大手柄の餌に飛びついた。オランダに独占されている貿易利権が、どれほどの価値があるかはわからぬが、とことん腐った男よ。幽齋殿、後ほどおひとりで良仁堂に参られよ。いかにして、やつらを地獄に叩き落すかお教え申す」

虎庵はそういって津田幽齋を振り向き、ゆっくりと頷いた。

津田幽齋も高尾山での敗戦で多くの根来衆を失っている。

その思いを知ればこそ、スコット提督らエゲレス軍に一矢報わせるのは、せめてもの武士の情けだった。

津田幽齋は秋空の如く一点の曇りもない、さわやかな笑顔で頷いた。

品川から戻った虎庵たちを迎えた愛一郎と雅雅は、皆の険しい顔を見て、ことさら明るく振舞った。

「先生、長老が隠し部屋でお待ちです」

愛一郎はそういって受け取った虎庵の羽織を抱え、そそくさと隠し部屋への入り口に向かった。

「愛一郎、長老との話もいいが、皆、腹が減っている。そばでも茹でてくれ」

「先生、長老の命令で、全て隠し部屋に用意してあります」

「そうか、それを早くいえ」

虎庵は小走りで隠し部屋に向かった。

そして、隠し部屋の大きな卓の上に並べられた、豪勢な料理に目を剥いた。

「なんだこりゃ、長老、これはどういう風の吹き回しですか」

幸四郎と新八、御仁吉に挟まれ、茶をすすっている左平次に問いかけた。

「お帰りなさいませ。これは代々風魔に伝わるしきたりで、決戦の前には贅を尽くすのです。決戦で命を落とす者が誰かはわかりませぬ。だからこそ、戦に赴く者、その家族、食い物なぞに未練を残さぬよう、皆で好きなものを食べるのです」

左平次はそういって頭を下げた。

「それにしても、大金がかかっただろうに」

「なあに、この料理は全て、江戸にいる風魔からの仕出しでございます。あの者たちが江戸で商いに精を出せるのも、戦に赴く者があればこそ。その報恩の気持ちの一端にすぎませぬ。これと同じものが吉原の小田原屋に二百人前、すでに届けられております」

左平次は、品川沖に浮かぶエゲレス軍との決戦を察しているようだった。

「ほう、流石は風魔よのう」

虎庵は感心しながら自分の席に着いた。

佐助、桔梗之介、亀十郎も順に席に着いた。

「愛一郎、雅雅さんも呼びなさい」

「はい、でも長老、雅雅さんは風魔では」

愛一郎は戸惑い、長老の顔色を窺った。

長老はにこやかに笑っている。

「いいんだよ。決戦から帰ってきたら、どうせ佐助が一生面倒見るんだからよ。なあ、佐助」

虎庵は左隣に座った佐助の肩を大袈裟に叩いた。

「な、何を馬鹿な……」

「あれ、佐助、鼻から赤いものが」

佐助は茹蛸のような真っ赤な顔になり、あわてて鼻を袖で拭った。

「ばーか、冗談だよ。さ、長老、馬鹿はほっといて、乾杯といきやしょう」

虎庵はそういうと右隣の左平次に徳利を差し出した。

それを合図に、皆も互いに酒を注いだ。

それから半時あまり、宴は続いたにもかかわらず、誰一人として酒に酔うものはいなかった。

虎庵は決戦というが、最新兵器を装備し、殺人訓練を受けたエゲレスの軍隊をどうしたら打ち砕けるのか。

しかも敵は洋上だ。

足柄の山中で訓練を受けた風魔は山猿。陸の上なら無敵を誇るが、水の上では勝手が違う。

そんな空気を察した左平次が口を開いた。

「さてお頭、此度の戦、いかが戦われます」

「うむ、敵は二隻の軍艦だ。今日、見た限りでは、舷側に各十二門の大筒を装備している。あれが一斉に火を噴いたら江戸は火の海だ。かといって、こちらには大筒はねえから、砲撃というわけにもいかねえ」

「虎庵様、今日乗った安宅丸には、やはり舷側に十門、大筒を備えておりましたぞ」

桔梗之介がいった。

「和尚、ちょっと待て。その前に大事なことがふたつある。まずひとつ目だが、よう く聞いてくれ。もし安宅丸が攻撃すれば、これは幕府とエゲレスの戦争になっちまう。エゲレスの間諜に成り下がった幕閣が、どこにいるやも知れぬ状況でそのようなことになれば、いずれ事態はエゲレス政府に知れ、艦隊が大挙して江戸湊に姿を現すことになるだろう」

「た、確かに」

「ふたつ目は、敵に反撃の隙を与えちゃならねえってことだ。こちらの攻撃を長引かせれば、敵に反撃準備の暇を与えることとなる。そうなりゃ戦術はひとつ、夜陰に乗じて攻撃し、海の藻屑にしちまう奇襲しかねえだろう。夜が明けたら英国軍は幕府軍に恐れをなして逃げたってことにしてな」

「奇襲はわかりました。問題はどのようにして攻撃するのですか」

桔梗之介は苛立たしげに酒を呷った。

「お頭、明日の昼、幕府からといって酒樽と水樽を運んではいかがでしょう。その樽の中に我らが忍び……」

佐助がいった。

「佐助、そのようなことをしたら、どれほどの犠牲が出る。おれは誰一人として、こんなくだらねえ戦で仲間を死なせたくねえのよ。よいか、まず猪牙舟に爆薬を満載する。この猪牙舟の両舷に三十間ほどの縄を二本付けて二艘の船で引く。敵艦に近づいたら一艘は敵艦の舳先に向かって進み、一艘は艦尾に向かって進む。するとこの爆薬満載の猪牙舟は、厭でもエゲレス艦の土手っ腹にぶちあたらねえか？　この猪牙舟を一艦あたり前後、土手っ腹の順に三艘ずつぶちあてれば、エゲレスの最新艦といえどもお終えよ。猪牙舟も何もかも漆黒に塗り固め、夜陰に乗じてことを起こす」

虎庵はどうだといわんばかりに、一同を眺めた。

「しかし爆薬が都合よく、敵艦の舷側に衝突と同時に爆発してくれましょうか」

左平次が呟いた。

「それでだ。まず直径五寸ほどの丸い鉄籠を作る」

「鉄籠ですか」

「その鉄籠を六尺ほどの棒の先に括りつける。そしてこの棒の柄が二尺ばかり飛び出るように、猪牙の舳先に括りつけるんだ。そして鉄籠に焼けた炭団を入れる」

「なるほど」

「猪牙が敵艦にぶつかると、舳先に飛び出た棒が引っ込む。するとその勢いで、焼けた炭団の入った鉄籠が、大量の爆薬に引火してドカンというわけだ」

「火縄銃の火縄を火蓋の中に突っ込む要領ですな」

「たいした仕掛けじゃねえが、これで確実に衝突とほぼ同時に、猪牙舟に積んだ爆薬を爆発させられる」

再び虎庵は、一同を見渡した。

「なるほど、爆薬と炭団の籠の仕切りを厚手の濡れ紙にしておけば、途中で引火するのも防げますな。お頭は恐ろしい武器を考え付くお方じゃ。このような爆薬舟を四輪の大八車にくくれば、城門を破壊するなど簡単ですぞ」

左平次は感心した。

「そうだな。いまが戦国の世なら、この武器だけで天下が取れそうだな」

虎庵は満足げに酒を飲み干し、空になった杯を佐助の前に突き出した。

「だが問題はそのあとだ。艦が沈むとなれば、兵たちは船を捨てて海に飛び込む。一艦あたり兵が百人、乗組員が百人、最大、合計四百人が海に飛び込み、陸を目指して泳いでくる。こやつらを上陸前に、クロスボウの毒矢で確実に始末しなければならねえ。それでも高輪の大木戸から、品川の猟師町までの袖ヶ浦一帯の海岸沿いに泳ぎ着く奴もいるはずだ。そ奴らもまた、確実に仕留める」

海上、そして陸上に二重、三重の防衛線を張り、ひとりたりとも生きながらえさせることを許さぬ、風魔の非情な殲滅作戦だった。

一同はそれぞれに頷きながら手元の酒を飲み、誰ともなく笑い出した。

来るべき決戦の勝利を誰ひとり疑うことはなかった。

6

翌朝、良仁堂を訪ねた津田幽齋は、愛一郎から虎庵の作戦を聞いて息を呑んだ。

「愛一郎殿、して今宵の作戦決行は何刻なのだ」

「津田様には根来衆の手練二十名ほど用意していただき、今宵四つ（十時ころ）までに、芝の砂浜はずれにある鹿島明神に御参集いただきたいとのことでした。それと、この件は上様、大岡様にはくれぐれも御内密にとのことです」

「御両名が知るところとなれば、幕府が何もせぬというわけにはいかねえ。これは幕府のあずかり知らぬこととする、虎庵殿のご配慮ってわけだ。薩摩藩蔵屋敷脇の鹿島明神に今宵四つ、津田幽齋、しかと承りました。それじゃあな」

津田幽齋は良仁堂の門を飛び出ると、瞬く間に走り去った。

その頃、虎庵と桔梗之介は、芝の金杉橋を渡り東海道を品川へと向かった。

「相変わらず、江戸の人通りは半端じゃねえな。ほれ、あの先に見えているでかい屋敷、あれが薩摩藩蔵屋敷だぜ」

「そんなことはわかっておりますが……」

桔梗之介は返答に困った。

確かに三州屋の千石船は薩摩藩蔵屋敷に積荷の材木を降ろし、川崎へと向かった。

そしてエゲレス兵たちが発見した武田の隠し金は、玉川を下って川崎まで運び出されて千石船に積み替えられ、風魔に襲われた。

三州屋唐十郎は首を刎ねられ、莫大な隠し金も船ごと風魔に奪われたことは、わずかな人間しか知らない。

三州屋が薩摩藩に出入りしていたことは確かだが、だからといって薩摩藩が、此度の一件に関わっていると断定するわけにはいかない。

薩摩がいかなる理由にせよ、エゲレスに組したとなればそれは謀反だ。関ヶ原では西方についたにも拘わらず、徳川四天王井伊直政のとりなしで島津義弘が当主として認められ、今では七十万石を越える大藩となった。

その島津家が、大恩ある徳川家に牙を剥くとは考えられなかった。

「桔梗之介、俺だって島津公が関わっているとは思わねえよ。だが、家臣の中に馬鹿がいねえとも限らねえだろ。お、もう札の辻か。その昔、徳川家光があそこの刑場で、五十人の罪無きキリシタンを処刑したそうだ。見せしめのために市中を引き回し、最後は火炙りだぜ。民が豊かで幸福なら、誰も神や仏なんか頼るものか。神や仏でも救われねえ者たちがイエスを頼ったのは、幕府が民を苦しめたからじゃねえのかってんだ。いずれにしろ、その結果が島原の乱、海禁となり、百年たって俺たちがそのツケの矢面に立たされている。冗談じゃねえぜ」

独り言のように次々と言葉を紡ぐ虎庵だが、桔梗之介はその言葉に心底から同感できる気がした。

六男とはいえ、紀州藩附家老という血筋を捨てて出家した。

だが武士を捨てたことに、後悔を微塵も感じないほど、桔梗之介の目には武士の世は腐って見えていた。

「桔梗之介、車町の大木戸の手前にある船茶屋で飯でも食って、日が落ちるまで釣りでもしねえか。上海にいたときみたいによ」

「そうですな。江戸に戻ってから、釣りなんてとんと忘れてました」

桔梗之介は嬉しそうに笑った。


本所佐賀町にある中の橋近くの船大工小屋では、虎庵に指示された九艘の猪牙舟の改造がほぼ終わり、船首に付ける仕掛けの準備にも余念がなかった。

「おう、この棒を通す木枠と棒にはしっかりと油を塗り、すべりを良くするんだぜ。それと波で舟が傾いたときに、棒がすべってドカンじゃ話にならねえから、うまく固定してくれ」

佐助は風魔の船大工たちに、手際よく指示を出した。

あとは大量の油と爆薬を積み、出港を待つだけだった。

「新八、幸四郎は大丈夫だろうな」

「おう、幸四郎のやつ、なにやら屋根舟を五十隻も用意してたぜ。屋根舟にクロスボウの射手を四人、船頭が二人で一組になってるみたいだぜ」

「屋根舟？　なんでそんなものを用意するんだ」

「幸四郎の話じゃ、爆破が終わったところで屋根舟に明かりを点ける。海に飛び込んだ奴らは、助かりたい一心で屋根舟を目指す。奴らは海の中だから鉄砲も使えねえだろうし、こちらが真っ暗闇の海で目え凝らすより、明かりをつけてやれば勝手に集まってくるだろうって……」

「飛んで火にいる夏の虫か」

「それと東海道沿い、袖ヶ浦の海岸あたりは、御仁吉配下の荒くれ者が百人ばかり、すでに準備しているらしいぜ。それにしてもお頭は、例によって『ひとりたりとも死ぬことは許さん！』だもんな。ありがてえこった」

新八はそういうと、鼻水をすすった。

風魔の義を守るためとはいえ、命がけであることは変わらない。悲しませたくない者を抱えているのは、誰も一緒だった。

「ああ、死にたくねえな」

そういった佐助の脳裏には、雅雅の顔がよぎっていた。

新八が意外そうな顔で佐助を見た。

風魔の義のためにならいつでも死ねる、風魔の非情さを地でいっていた佐助にしては、妙に弱気な科白に思えた。

佐助自身、自分の口を衝いた科白が意外だった。

戦うことが怖いわけでもなければ、敵を殺すこともいとわない。

風魔に生まれた運命を呪ったこともない。

だが生まれて初めて、命が惜しくなった。

今度ばかりは絶対に無事に帰り、その腕で雅雅を抱きしめたいと思った。

ふと佐助が仰いだ空は、厚い雲が垂れ込めている。

――これなら今宵は月明かりもない闇。天も我らに力を貸してくれるか。

佐助は縄を纏める手に力を込めた。


虎庵からの指令を幹部に伝えた御仁吉は、あわただしく準備する部下たちの動きを見守った。

今回は戦闘の矢面というより、敵兵の上陸を阻止する最後の防波堤役だ。

おそらく上陸を試みる敵は、海上で起こるであろう風魔の猛攻をかいくぐり、泳いでくるだけでも疲労困憊の極み。

飛び道具も持たずに、上陸してきた彼らを殲滅するのは雑作もないことだ。

「亀十郎、どうやらこれで、本当に終わりそうだな」

御仁吉は、無言で胴田貫の手入れをする亀十郎に声をかけた。

亀十郎は聞こえているはずだが、うんでもなければすんでもない。

亀十郎は生まれたばかりの我が子を奴らに殺された。

吉原の遊女が勝手に産んだその子を、亀十郎が一度たりともその腕に抱くことがなかったことも知っている。

正直、ただでさえ何を考えているかわからない亀十郎が、殺された子への情が無かったとしても不思議ではない。

だが亀十郎は下手人のエゲレス人全員をその手で斬り殺した。

あのときに刀に付いた血糊を拭ってはあるが、愛刀にできた曇りはそのままにしている。

事件以来、元々無口な男がまるで言葉を発さなくなった。

だがその刀を見れば亀十郎の心中を察するにあまりあった。

ところが、そんな亀十郎が口を開いた。

「親分、今宵、お頭はどちらに?」

「芝の砂浜のはずれにある鹿島明神だが、それがどうしたい」

「私のお役目はお頭の警護。当然、私もそちらに伺ってよろしいのでしょうな」

御仁吉は返答に困った。

虎庵からは、亀十郎とともに陸での指揮を取るよう指示されている。

子と仲間を殺された者達の私怨は、亀十郎が下手人を斬ったことで晴らされた。

それは亀十郎も同じことだ。

だがそんな亀十郎を戦闘の前線に配すれば、私怨を挟むなというほうが無理な話だし、私怨ゆえに判断を誤ることもある。

「そうだな、袖ヶ浦のほうはおれが面倒を見る。お前さんにはあのあたりの砂浜を任せるから、お頭たちに何かあったら、すぐに駆けつけるんだ。頼んだぜ」

統領の命を破ることは決して許されぬ。

御仁吉にできる、せめてもの判断だった。


吉原小田原屋の奥座敷には、幸四郎が呼び出した若者たちが正座していた。

幸四郎の口から今宵の作戦行動の全貌が告げられ、全員が準備にその場を立ったとき、ひとりの老人が姿を現わして幸四郎の脇に座った。

五十人の若者が、懐かしい左平次の登場にどよめいた。

「長老様、江戸におみえだったのですか。お元気そうでなによりです」

若者たちは、懐かしそうに口をそろえた。

「ありがとう、皆も元気そうで何よりじゃ」

修行中、左平次は実に厳しい師匠だった。

だが常に我が子に接するような、優しさを分け隔てなく与えてくれた笑顔は変わらなかった。

「儂がお頭を最後に見たのは、何者かに拐かされる前の晩じゃった。生まれてひと月足らず。もう少し早く生まれていれば風魔の里に送られ、拐かしにも遭わずに済んだのじゃが。じゃが、あれから三十有余年。儂の前に姿を現した赤子は、見事なお頭に変貌しておった。先代は情が深いゆえに優柔不断となり、時に判断を誤った。だが虎庵様は情が深いゆえに、判断がつかぬ時は決して動かぬ。そして動くときは常に先を考え、風の如き速さで先手を打つ。まさに生まれながらの統領じゃ。よいか、儂も齢八十を越えたが、思うに人生はうたかたじゃ。長き短きは天命にして、余人のあずかり知らぬこと。ことの是非をおのれで問うな。虎庵様を信じ、われらが先人から引き継いだ技を磨き、おのが力を躊躇なく発揮することじゃ。よいな」

「ウォーッ！」

地鳴りのような雄たけびが、百畳はある大広間を揺るがした。

船茶屋で借りた小舟から糸をたらした、虎庵と桔梗之介の針にかかる魚は、ほとんど小さなフグばかりだった。

なかなか強い引きを楽しむことはできたが、食えない魚の大漁に虎庵はふくれっ面だった。

「なんだなんだ、小さなフグばかりじゃねえか。江戸の海はしけてやがる。鯵とか鯛とか鮪とかはいねえのかな」

「虎庵様、このフグは草フグと申しまして、この小さななりで猛毒を体内に持っております。しかも針にかかるとジタバタすることこの上ない。なにやら虎庵様のような魚ですな。はははは」

桔梗之介はふくれっ面の虎庵をからかった。

「あー、もう止めだ止めだ。こんな毒フグをいくら釣っても腹の足しにならん。和尚、帰るぞ」

虎庵は勢いよく竿を上げると、さっさと立ち上がって櫓をこいだ。

桔梗之介が慌てて釣り糸を巻き上げたとき、これまでにない大きなあたりが拳を揺らせた。

「おおっ！　虎庵様、大物です」

桔梗之介が力任せに糸を手繰ると、一尺五寸はありそうな桜色の魚体が船内に飛び込んだ。

「うおーっ、た、鯛です、尾頭付きです！」

「ほう、見事なもんだ。天からの前祝だなっ！」

さっきまでふくれっ面だった虎庵が、満面の笑みを浮かべた。

夕刻——。

すでに日の落ちた江戸は、いつになく人通りが無い。

もし今宵の決戦に負ければ、江戸の町は英国艦隊の砲撃に晒されて火の海になる。

まるでこれから起きる事態に備えるかのように、異様な静けさに包まれている。

大川を眺めていた新八の目に、屋根舟の船団が下ってくるのが見えた。

幸四郎率いる洋上での戦闘を任されたクロスボウ隊に間違いなかった。

新八は船大工小屋に駆け戻ると、最後の点検をしていた手下の者どもにいった。

「いま、幸四郎の隊が大川を下ってきた。われらも出撃だ」

すでに黒い忍者装束を身に纏った手下の風魔たちは、息を呑みゆっくりと頷いた。

爆薬舟に改造され、漆黒に塗られた猪牙舟九艘は、同じく漆黒に塗られた十八隻の五大力船とともに、目前の運河に係留されている。

風魔が改良した五大力船は全長六十尺。

直接、河岸で荷下ろしができるように喫水を浅くし、船幅を狭くしてある。

海では帆を立てて帆走するが、船首に太い龍骨のような水押しを備えて波を切りやすくしてある。

舷側には二人懸かりの櫓台を左右に八挺備えることで、普通の和舟とは比較にならない高速航行ができるようになっている。

新八を乗せた五大力船を先頭に、三十人ずつ風魔が乗り込んだ漆黒の船団は、次々と大川へと出航した。

7

夜四つ半、海はべた凪。

昼間低く垂れ込めていた雨雲は、ポツポツと雨を降らし始めた。

月は完全に雲間に姿を隠し、漆黒に塗られた風魔の船、黒装束の若者たちを祝福するように、海面を覆う深い夜陰に姿を溶け込ませた。

すでに大川を下った幸四郎の屋根舟船団は、海岸線から二町ほどの沖合に散開しているが、明かりをつけていないために確認できない。

爆薬舟を曳航する新八の五大力船は二艘ずつ九組に分かれていた。

洋上に停泊する二隻のエゲレス艦の艦首、艦尾、そしてそれぞれの攻撃が失敗に終わった時の予備として、艦尾側に停泊している。

エゲレス艦までの距離は二町あまり。

甲板でランプを持って、巡回している歩哨は確認できるが、顔まではわからない。

新八は虎庵から渡された時計を確認した。

この時計は虎庵が上海から持ち帰ったもので、此度の戦闘で指揮を執る佐助、幸四郎、新八に渡されていた。

攻撃開始は時計が示す十一時三十分。あと一分で攻撃開始の時刻となる。

新八は部下に命じ、狼煙用花火の火龍を打ち上げた。

火龍は音も無く、流れ星のように閃光の糸を引きながら雲間に消えた。

「よし、いくぞ！」

火龍を見た十八隻の五大力船の船長は、十六人の艪手に号令をかけた。

一番手前、陸よりのエゲレス艦の艦首を攻撃目標にした新八の五大力船は、爆薬舟を曳航する僚船とともに、全速力で航行を開始した。

エゲレス艦まであと一町、新八の五大力船と僚船は、三十間ほどの間隔をとって左右に分かれた。

二艘で曳航している爆薬舟は思惑通り、猛烈な勢いでエゲレス艦の艦首に突進している。

新八の五大力船が、エゲレス艦の艦首まで五十間という距離まで接近したとき、艦首にいた歩哨が突然振り返り、何事かを叫んで発砲した。

その銃声を聞いた英国兵が、次々と各艦の甲板に現れ、風魔の五大力船に向かって発砲した。

しかし、時すでに遅し。

新八が曳航した爆薬舟が、エゲレス艦の艦首に激突した。

爆薬舟は轟音を上げて大爆発し、着火した大量の油がエゲレス艦を包んだ。

艦首に大穴があいたエゲレス艦は炎に包まれ、甲板にいたエゲレス兵は火だるまとなって海中に落下した。

艦尾では第二撃が炸裂し、大きな水柱があがった。

轟音と激しい振動で、さらにエゲレス兵が海中に落下した。

瞬く間にエゲレス艦は、巨体を水中に没し始めた。

そこに止めの第三撃が炸裂した。

炎上した二隻のエゲレス艦は、船倉の火薬に次々と引火し大爆発を起こした。

航行をやめた風魔の五大力船は、炎上するエゲレス艦の明かりに浮かんだ海中のエゲレス兵に、次々とクロスボウの矢を打ち込んだ。


「津田殿、ようく海に目を凝らしませい」

津田幽齋は虎庵の指示とおり、洋上に目を凝らした。

洋上で猛烈な閃光が放たれ、二隻のエゲレス艦の艦影が浮かんだ。

少し遅れて轟音が届き、立て続けに閃光が走った。

洋上のエゲレス艦は炎に包まれ、自らの姿を闇の中に浮かび上がらせた。

――いったい、いかなる武器で攻撃したのか？

津田幽齋には、まるで想像も付かなかった。

しかし目前では目の上のこぶのように、鬱陶しい姿をさらしていたエゲレス艦二隻が、紅蓮の炎に身を捩らせている。

炎に包まれた無数の黒い人影が、次々と甲板から海に飛び込んだ。

「どうやら成功だな。さて、皆の者、気を引き締めよ」

虎庵はそういうと、腕組みをして海を見つめた。

ほどなくして炎上していたエゲレス艦が、完全に海中に没し、再び漆黒の闇が訪れた。

「ようし、明かりを点けいっ！」

幸四郎の号令で、洋上に待機していた屋根舟が次々と明かりを灯した。

海上で溺れかけているエゲレス兵や水夫が助けを求め、一斉に近くの屋根舟へと泳ぎだした。

「ようし、撃ていっ！」

何も知らずに泳ぎ寄る男たちに、風魔が放ったクロスボウの矢が容赦なく襲い掛かった。

串刺しにされたエゲレス兵たちの血で、海は見る見る赤く染まった。

とその時、幸四郎の乗る屋根舟が大きく揺れた。

海中を潜水してきた英国兵がいきなり顔を出し、屋根舟の縁から船上に這い上がった。

エゲレス兵は何事かを叫ぶとサーベルを抜き、矢を射たばかりの幸四郎に襲い掛かった。

幸四郎はサーベルの鋭い一撃を鋼鉄製のクロスボウで受け止めた。

そして目にも留まらぬ早業で背中の忍者刀を抜き、エゲレス兵の胸に突きたてた。

切っ先が肋骨を砕くゴツゴツという感触と、エゲレス兵の鼓動が剣先から伝わった。

幸四郎は素早く刀を引き抜き、ひげ面のエゲレス兵の喉笛を掻き斬った。

猛烈な勢いで噴出した鮮血が、幸四郎の顔を真っ赤に濡らした。

「クソ野郎がっ！」

幸四郎は喉笛を掻き斬られ、縁に倒れこんだエゲレス兵のベルトを掴み、海中へと放り投げた。

血潮で真っ赤になった海面には、夥しい数のエゲレス兵が力なく浮いていた。

洋上でポツポツと明かりが灯り始めた大量の屋根舟を、津田幽齋が指差していった。

「虎庵殿、あの舟は？」

「飛んで火に入る夏の虫というところでしょう。海に飛び込んだ兵たちが、助けを求めて明かりの点いた舟に泳ぎ寄る。そこが地獄への入り口とも知らずにな」

虎庵の横顔に冷酷な笑みが浮かんだ。

二町も先の洋上で、何が行われているのかはわからない。

だが戦国時代にも非情な殺戮集団と恐れられた風魔が、本性を剥き出しにして交戦していることは確かだった。

四半刻が過ぎた頃、洋上の屋根舟が一艘ずつ、灯していた明かりを消し始め、最後の一艘となったとき、洋上で声がした。

「スズーキ、ヘルプ、ヘルプミー！」

津田幽齋には、その言葉の意味がわからなかった。

声のした方にじっと目を凝らすと、二隻の小舟が見えた。

それぞれの小舟には櫓を漕ぐ者など、十人ほどの人影が見える。

小舟は薩摩藩蔵屋敷の桟橋に横付けした。

軍服に身を固めた数十人の兵士が次々と上陸し、薩摩藩蔵屋敷の木戸を叩いた。

「スズーキ、ヘルプ、ヘルプミー！」

しかし、薩摩藩蔵屋敷は、まるで人がいないかのように静まったままだ。

「ガッデム」

大きな帽子をかぶり、右手にサーベルを持った男が桟橋に駆け戻り、小舟に飛び乗った。

次々と男たちを乗せた三隻の小舟は、虎庵たちが待ち受ける砂浜に向かって来た。

「虎庵殿、どうしたってんだ」

「津田殿、いよいよだ。奴らは各艦の司令官たち。あのサーベルを持った男はスコット提督。火に包まれて溺れる部下を見捨て、性懲りもなく手前たちだけが助かろうとしてやがる。後ろの二艘、御一門にお任せいたしましたぜ」

虎庵はゆっくりと羽織を脱ぎ、帯を緩め、着物も脱ぎ、佐助に手渡した。

着物の下に純白の唐人服を纏った虎庵は、総髪を後ろで纏めていた金色の金具をはずした。

浜風に髪をなびかせ、威風堂々たる姿でたたずむ虎庵。

津田幽齋は六尺を越える虎庵の姿が、神々しいとすら思った。

「お頭」

佐助が掲げた大剣竜虎斬を受け取った虎庵は、そのまま背中に背負い、再び腕を組んだ。

ほどなくして、月明かりもない漆黒の浜辺に三艘の小舟が漕ぎ着いた。

虎庵が右手を上げると、砂浜沿いの道に控えた御仁吉の子分たちが、手に持った無数のガンドウを正面に向けた。

金糸や金ボタンをふんだんに使った軍服に身を包み、サーベルを片手に上陸したエゲレス軍司令官たちの姿が浮かび上がった。

大きな帽子をかぶり、金色の巻き毛をたなびかせた男たちは、揃いも揃って六尺超えの大男たちだった。

先頭にいたスコット提督を確認した虎庵が、二歩、踏み出した。

『き、貴様は、風祭虎庵。明日の調印を前にどういうことだ。約束が違うではないか』

スコットは右手に持ったサーベルを突き出した。

『約束だと？　幕府は確かに、明日の調印式の準備を粛々と進めておる。理由はどうあれ、幕府の迎えをすっぽかし、約束を違えることになるのは手前らの方だ』

『何を馬鹿なことを。貴様は幕府の者ではないか。これは我が大英帝国に対する宣戦布告だっ！』

『馬鹿はお前だ、俺は英語を喋れるただの蘭方医、幕府から金をもらって通訳をしたが、幕府など関係ないわ。お前がいうように、仮に宣戦布告だとしても、いったい誰が遠く離れたエゲレスの王に報告できるのだ？』

『黙れっ、黙れっ、黙れっ！』

スコットは喚き散らしながら後ずさると、背後にいた兵士たちがサーベルを抜いた。

そして左手で刀を抜いて、戦闘態勢を整えた根来衆に切りかかった。

「皆の者、高尾山で死んだものたちの弔い合戦だぜ。異国の剣法ゆえ、ゆめゆめ侮るなっ！　かかれっ！」

津田幽齋の号令に、根来衆の手錬二十名は、即座に鶴翼の陣形をとった。

一対一の戦いを前提とするエゲレス兵は、次々と根来衆の前に立ちはだかり、片手を挙げ、サーベルの鋭い斬撃を繰り出した。

剣と剣がぶつかり合う鈍い音とともに、無数の火花が飛び散る。

虎庵と桔梗之介、そして佐助は、スコット提督とともに小舟に乗ってきた十名の兵に、あっという間に囲まれた。

佐助と桔梗之介が、虎庵を庇うように進み出た。

佐助が忍者刀を逆手に持ち、サーベルを握ったひげ面のエゲレス兵に切りかかった。

しかし砂浜に足を取られ、佐助の命である敏捷性が殺されている。

佐助の斬撃をサーベルで受けたひげ面の鋭い斬撃が、佐助の覆面を切り裂いた。

「くっ」

佐助は懐から棒手裏剣を取り出すと、ひげ面の太腿を狙って投げつけた。

右太腿を貫かれたひげ面が、激痛で右ひざをついた時、佐助の背後で斬馬刀を上段に構えていた桔梗之介の鋭い斬撃がひげ面の首を刎ねた。

佐助は棒手裏剣を次々と、周りを囲むエゲレス兵に投げつけた。

棒手裏剣を避けるために体勢を崩したエゲレス兵に、桔梗之介の目にも留まらぬ斬撃が次々と繰り出され、手が、足が、首が、鮮血を振りまきながら宙を舞った。

桔梗之介の動きが一瞬止まった。

斬りかかってきた男の左手に握られたサーベルがしなり、蛇のようにくねりながら桔梗之介を襲った。

だが桔梗之介が奇妙な剣の動きにあわせ、斬馬刀を一閃するや、左利きのサーベルは火花とともに砕け散った。

「ふふふふ、無駄なことを」

桔梗之介の鋭い斬撃にエゲレス兵たちはたじろいだ。

虎庵の体がゆらりと右に傾いた瞬間、サーベルを叩きおられたエゲレス兵の首が飛び、宙を舞う首を桔梗之介の斬馬刀が貫いた。

桔梗之介はその右手を鋭く振り、貫かれていた首をスコット提督に投げつけた。

スコット提督が小さく悲鳴を上げ、後ずさったとき、その背後にいた黒い肌の男が構えた短銃が火を噴いた。

撃ちだされた弾丸は、避けようとした桔梗之介の斬馬刀を砕いた。

その衝撃で微妙に角度をかえた跳弾が、桔梗之介の左肩に食い込んだ。

た。

「不覚っ！」

小さく呻いた桔梗之介が、思わず片膝を突いたとき、桔梗之介の右肩に衝撃が走った。

「アイヤ――ッ！」

怪鳥《けちょう》を思わせる気合とともに、桔梗之介の右肩を踏み台にした亀十郎の体が天空高く舞った。

亀十郎が大上段から振り下ろした胴田貫の斬撃は、スコット提督の背後にいた黒い肌の兵士の銃を叩き斬り、そのまま肩口に食い込んだ。

凄まじいばかりの一撃は、黒い顔の兵士の体を真っ二つに切り裂いた。

「亀十郎か、すまぬ、不覚を取った」

桔梗之介が傷口を押さえ、よろよろと立ち上がると、どこからともなく現れた左平次が桔梗之介を支えた。

「ちょ、長老。かたじけない」

「愛一郎、早く、血止めを！」

愛一郎は、夥しい鮮血が吹きだし、椿の花のような文様を作った桔梗之介の着物を切り裂くと、すかさず一緒にいた雅雅が傷口に晒しを当てた。

「ウグッ」

再び銃声が鳴り響き、今度は亀十郎が呻きながら片膝を砂浜に突いた。

太股から夥しい出血を見せている。

両手にサーベルを握ったスコットの巨体が宙を舞い、亀十郎に襲い掛かった。

その瞬間、佐助が猛烈な勢いで真横に飛び、亀十郎の体を弾き飛ばした。

目標を失い、地上に舞い降りたスコットの前に立ちはだかったのは虎庵だった。

すでに二十人近いエゲレス兵を殲滅した根来衆が虎庵に走り寄った。

美しい白浜は、ばらばらになった英国兵の体と血で朱に染まっている。

「虎庵殿っ！」

津田幽齋が叫び、根来衆が虎庵とスコットを取り囲んだ。

「助太刀無用っ！」

虎庵は一声叫ぶと、竜虎斬の柄に嵌められていた金の輪をはずし、竜虎斬を握る左右の手を前後させた。

竜虎斬は一瞬にして二本の剣に分かれた。

『ほほう、貴様も二本のサーベルを使うのか。だが、この俺に勝てるかな』

スコットは両手で持った、サーベルの切っ先を正面で交差させた。

『問答無用。手めえだけは、俺が地獄に送ってやる』

虎庵は両手に持った二本の剣を手首で激しく回転させた。

二本の剣が空気を切り裂き、不気味な音をたてる。

『その動き、どこかで見たな。そうだ、マニラで沈めたチャイナの海賊船のボスが、同じような動きを見せた』

スコットはそういうと、卑怯にも足元の砂を蹴り上げた。

舞い上がった砂を被った虎庵が動きを止めた。

その隙に一気に間合いを詰めた、スコットの右手の斬撃が虎庵を襲った。

虎庵を凌ぐ体格、丸太のような腕が繰り出した斬撃は鋭く、虎庵は竜虎斬を交差させてなんとか受けた。

「ふふふ」

思わず片膝を突いた虎庵の腹に、スコットの猛烈な前蹴りが炸裂した。

「ウグッ！」

反射的にとんぼ返りをした虎庵の腹には、エゲレス兵たちの血糊を踏みつけてきたスコットの靴底の形がべっとりと付いた。

スコットの剣には型が無い。

猛烈な膂力で使えるものは何でも使い、いかなる攻撃も辞さぬ実践的剣法だ。

虎庵は大きく息を吸うと、二本の剣を眼前で交差させながら、じりじりと間合いをつめた。

そして剣を水平に固定すると、今度は独楽のように激しく体を回転させた。

体を回転させながら繰り出される虎庵の斬撃が、スコットのサーベルと激しくぶつかり、火花を散らせた。

一撃、二撃、三撃。

虎庵が間髪をいれずに放つ連続の斬撃は、四撃目でスコットのサーベルを砕き、五撃目がスコットの左肩に食い込んだ。

だが竜虎斬を肩に食い込ませたスコットは、瞬間的に体を回転させた。

強烈な力で振り回された虎庵は、思わず竜虎斬を握る手を離した。

「ふふふふ、それだけか」

スコットは肩に食い込んだ竜虎斬を右手で引き抜き、左足でへし折った。

竜虎斬はスコットの肩章に仕込まれた金属に阻まれ、筋肉を切り裂くことができなかったのだ。

虎庵は左手に持っていた竜虎斬の片割れを投げ捨てた。

そして腰に差した左文字を引き抜いた。

いつの間にか雲間から姿を見せた月が、虎庵の左文字を妖しく輝かせている。

「ふふふふ、懲りない奴だ」

スコットはそういうが早いか、背中に隠した短筒を引き抜いた。

だがその瞬間、虎庵も鋭い跳躍を見せた。

虎庵が蹴上げた浜砂が、目潰しとなってスコットの視覚を奪った。

鋭く振り下ろされた虎庵の左文字が、銃を握るスコットの右腕を切断した。

回転しながら落下するスコットの右腕の筋肉が、切断された衝撃で収縮し、勝手に引き金を引いた。

発射された弾丸がスコットの膝を打ち抜いた。

呻きながらスコットが振り回した右腕から、噴出した血煙が天空を紅に染めた。スコットはその場にへたり込んだ。

『俺の負けだ。命だけは、た、助けてくれ』

丸腰でへたり込んだスコットの顔面は蒼白となり、紫色になった唇が震えている。

『あえて止めは刺さぬ。まもなく傷口の痺れがおさまり、お前はあまりの激痛でのたうち回る。そして大量の出血はお前の体温を奪い、お前は凍えるような寒さの中で死んでゆくのだ』

虎庵はそういって振り返ると、大量の吐血をした。

スコットの蹴りが、虎庵の胃の腑を傷め、あばらを砕いていた。

その時、虎庵に駆け寄ったかに見えた雅雅が、虎庵の竜虎斬を拾いスコットの前に立ちはだかった。

「佐助、これ以上、雅雅に人殺しをさせてはならぬ。奴こそ雅雅を買った野郎。決着はお前がつけるんだ」

佐助は雅雅の前に立ちはだかると、その手から竜虎斬をもぎ取った。

そして竜虎斬を右手で構え、振り返った。

『や、やめろ。やめてくれ』

「ふん、おれは頭が悪くてな、手前が何をいってるかわからねえんだっ！」

佐助は片手を突き出して左右に振るスコットに、強烈な竜虎斬の突きを加えた。

体をよじらせて避けたスコットはその場でもんどりうち、無様にも腰を高く突き上げて倒れた。

佐助が繰り出した突きが、スコットの尻の中央を貫いた。

「ギャッ」

スコットは凄まじい悲鳴を上げた。

佐助はスコットの尻に突き刺さった竜虎斬を手首で半回転させると、一気に上に引き抜いた。

いつの間にか姿を現していた青白い月に、スコットの尻を切り裂いた血染めの竜虎斬が妖しげに輝いた。

「お頭、終わりました」

「皆の者、ご苦労だった。では引き上げるぞ」

虎庵は激痛に顔を歪めながら、右手を上げた。

「お頭、まだ出血が止まっていません」

愛一郎は半べそをかきながらいった。

「わかったよ、愛一郎。後の始末は御仁吉に任せ、俺たちは帰ろう」

虎庵はそういうと、その場で気を失った。

愛一郎はガクリと首をたれた虎庵を担ぎ上げ、浜辺に来ていた幸四郎の屋根舟に乗せた。

傷ついた桔梗之介と亀十郎を乗せ、佐助、雅雅が乗り込んだにもかかわらず、愛一郎が櫓を握って力強く漕ぎ出すと、屋根舟は舳先で白波を立てながら猛烈な勢いで進んだ。

8

幸いにして亀十郎は太股を撃ち抜かれただけで、たいした傷ではなかった。

桔梗之介も骨には異常なく、愛一郎が手術で弾丸を摘出した。

「愛一郎、手術は見事な手際だったが、縫合がいまいちだな。お前さんの背中の傷は虎庵様が縫合したから、見事に傷が残っていない。だが俺の左肩は……」

「桔梗之介さん、そのようなことはございません。五日もすれば抜糸できますから、そのときを楽しみにしていて下さい」

愛一郎は自信に満ち溢れた顔でいった。

左腕を吊った桔梗之介は、例によって縁側に腰掛け、煙管をくゆらせている虎庵の脇に座った。

「愛一郎、ずいぶん自信ありげじゃねえか」

佐助がからかった。

「そうそう、雅雅さんはなかなかの医学知識をお持ちでしてね、手術中も実に手際よく手伝っていただきました。これは先生にお願いですが、雅雅さんは佐助さんのお嫁さんになんてしないで、先生の弟子として良仁堂を手伝わせてください。佐助さんはお嫁にできなくても、毎日、雅雅さんに会えるんだからいいでしょ」

愛一郎は蛸のように口を尖らせた。

その顔を見た雅雅が、くすくすと笑いながら佐助の背後に座った。

佐助は照れくさそうに頭をかいた。

「おい、お前たち、あまり俺を笑わせるな」

虎庵が苦痛で顔をゆがませた。

あばらを骨折した虎庵の胸には、鯨のひげで作った胴巻きが巻かれている。

四人が大笑いしているところに、着流し姿の木村左内が姿を現した。

「おう、聞いたか？　品川沖にいたエゲレスの軍艦がな、忽然と姿を消しちまったんだ。しかも芝の砂浜が、血で真っ赤に染まっているってのに、死体はどこにもねえんだ。いったい、何があったんだろうな」

左内は意味ありげに笑い、虎庵の脇に腰掛けた。

「昨日の夜中、どこかの馬鹿なお大尽が、品川で花火をあげたそうですぜ。ただ厚い雲のおかげで、誰も花火は見えなかったそうですがね」

「おお？　相変わらずの地獄耳。花火をあげたのは堺のなんとかいうお大尽が、お遊びで尺玉をあげさせたそうだ。玉屋かかぎ屋かしらねえけど、あの曇り空じゃな、どんな名人職人があげたって大輪の火花は雲の上だ。尺玉九発で千両がパアだそうだが、いい気味だぜ」

左内は馬鹿笑いをした。

「お、いけねえ。俺はお奉行様に呼ばれてるんだった。こんなとこで油を売ってる暇はねえんだ。じゃな」

相変わらず騒々しい男だった。

左内が姿を消してしばらくすると、正面の土塀の木戸が開き、編み笠を被った四人の侍が姿を現した。

先頭の侍の裾捌きには見覚えがある。

南町奉行大岡忠相に間違いない。

そしてその後ろが将軍吉宗、だが、その後ろの侍は感じたことのない気配を漂わせている。

四人の異様な気配に、佐助、愛一郎、雅雅の三人はすかさず席を立った。

佐助は隠し部屋への入り口を開けて待っている。

「虎庵先生、傷の具合はいかがか」

編み笠を取った大岡が、さわやかな笑顔を見せた。

大岡は見知らぬ侍に虎庵の正体を隠すためか、本名で呼んだ。

「へい、この通りです。ささ、そちらのやんごとなきお方も、どうぞ、例の部屋にお出ましください」

虎庵がそういって道を空けると、侍たちは編み笠も取らずに隠し部屋へと向かった。

「それにしても、お忍びとはいえ上様が、こう度々、城下にお出ましというのはいかがなものなんでしょうねえ」

虎庵はようやく編み笠を取った吉宗にいった。

「虎庵よ、皮肉を申すな。今日は、その方に紹介したい御仁を連れてまいったのだ」

吉宗もまた、当たり前のように虎庵と呼んだ。

吉宗に促され、隣にいたふたりの侍が編み笠を取った。

手前の侍は見覚えがないが、その隣にいるのは津田幽齋だった。

「虎庵、こちらは薩摩藩藩主島津継豊公だ」

吉宗が見知らぬ男を紹介した。

「島津様……」

虎庵は開いた口が塞がらなかった。

島津継豊はこの六月、父・吉貴の隠居に伴って家督を継いだ二十一歳の若き藩主だった。

大岡も吉宗も、虎庵を本名で呼んだわけがわかった。

「実はふた月ほど前、琉球王国の官僚が謎の死を遂げた。この男はエゲレスと琉球の貿易を積極的に推し進めていたのだが、どうやら王宮内の勢力争いに巻き込まれたようなのだ。それで島津殿に、琉球の事情を教示願っている間に、品川沖にエゲレス艦隊が現れたのだ。その方は、此度の事件に薩摩藩が関わっていると考えておるようだが、それがないことは島津公の口から確認をとっておる」

吉宗は虎庵に諭すようにいった。

「上様。確かに薩摩藩主島津公は、無関係なのでしょう。しかし、薩摩藩といえども奸臣なきやとは限りませぬ」

　虎庵は島津継豊公の目をじっと見すえた。

「虎庵殿、私は上様から昨夜の計画を聞き、芝の藩蔵屋敷にて全てをみていたのだ」

「ほう、左様でしたか」

「何がどうしたのかはわからぬが、突然、沖合に停泊していたエゲレス艦が爆発し、まるで蛍のように屋根舟が明かりを灯し始めた。そしてしばらくすると、我が蔵屋敷の木戸を叩く者があったのだ」

「スコットというエゲレス軍の提督です」

「スコット？」

　島津継豊は不思議そうに首を傾げた。

　芝居かもしれないが、島津継豊が嘘をついているようには見えなかった。

「そのスコットが、なぜ？」

「はい、スコットは軍艦に配備してあった上陸用の小舟に乗り換え、薩摩藩蔵屋敷の桟橋に船を着けると、一目散に蔵屋敷の木戸に向かい、何度も叩いたのです」

「何か叫び声がしていたが、何をいっていたのだ」

「ヘルプミー、意味はヘルプが助ける、ミーが私です」

「私を助けてくれ……か、なぜスコットは我が藩を頼ったのだ」

「薩摩藩を頼ったのではありませぬ。正確にいえば『ヘルプミー、スズーキ！』です。スコットは鈴木という者を頼ったのです」

「す、鈴木だと？　鈴木頼母を頼ったのか？」

「鈴木はわかっておりますが、鈴木頼母かはわかりませぬ。島津公はお心当たりがございますか」

虎庵はゆっくりと腕を組んだ。

ここで島津継豊がしらを切れば全ては嘘、上様は騙されているということになる。

「上様、当藩の道之島赤木名代官鈴木頼母に相違ありませぬ」

道之島とは薩摩藩が琉球王国から割譲された奄美諸島のことで、薩摩藩は代官所や奉行所を次々と設置し、直轄地として実効支配していた。

ことに奄美大島の赤木名は、笠利湾赤木名港という良港を持ち、奄美群島の要ともいえる。

「鈴木が海禁にされているエゲレスと通じていようとは……上様、誠に申し訳ございませぬ。かくなる上は、それがしの一命をもってお詫び申し上げまするっ！」

島津継豊は坐していた椅子を蹴倒し、その場に正座すると脇差に手をかけた。

「継豊、馬鹿なことを申すなっ！」

吉宗の左手が、脇差の柄にかかった継豊の右手を押さえた。

「よいか、継豊。昨年より、京においてエゲレス製のご禁制の品々が出回り始めた。俺は全ての品が、琉球経由という堺の豪商どもの噂を掴み、すぐさまお前の親父で先代藩主の島津吉貴公を呼び、調査を命じたのだ。吉貴公は高山国（台湾）とエゲレスが、このところ親密の度合いを増し、琉球王家とも接近している事実を掴んだが、彼らと薩摩藩を結ぶ接点を見つけることができなかった。吉貴公が四十八歳という若さで家督をその方に譲ったのは、その責をとっての事なのだ」

吉宗は継豊も知らぬ藩主交代の裏事情を話した。

島津吉貴の早すぎる藩主引退は、幕閣の間でも噂になっていた。

その真相を知った大岡と津田は呆然とした。

「そのようなこととはつゆ知らず……」

継豊はその場で力なく項垂れた。

「しかし、エゲレスと通じていたのが鈴木頼母とはな。頼母は吉貴公の信を受け、抜け荷調査の指揮をとる責任者だったのだ。俺の目も節穴だったということだ。いずれにせよ、鈴木頼母をひっ捕らえて全てを吐かせ、江戸城の魑魅魍魎どもの大掃除をすれば一件落着だ」

「上様」

「どうした、虎庵。その方への礼は……」

「我らは大権現様との約定を守り、風魔の義に従ったまで。礼には及びませぬ」

虎庵が発した「風魔」のひとことに、

「もしや、そちが十代目、風魔……小太郎か……」

項垂れていた継豊が全てを察したように頷いた。

そして虎庵も一度だけ頷いた。

「上様、此度の高尾山で失った伊賀衆、甲賀衆、御庭番の元紀州藩薬込役、そして八王子千人同心。いずれも、これから幕府運営に欠かせぬ者たちが、組織崩壊の危機を迎えております。それでは我が風魔への負担が増すこととなります。楽をしたいというわけではございませぬが、ここは伊賀、甲賀の百人組、御庭番の立て直しなるまで、根来衆に江戸警備及び諜報をご下命いただくのが筋かと思いまする」

「小太郎、その方は大した統領よのう。おお、そういえば忠相。此度の事件のきっかけともいえるあの女、背中を斬られ、奉行所に運びこまれたとかいう唐人の娘はいかが致したのだ」

吉宗の意外なひと言に、頭を垂れていた虎庵、津田幽齋、島津継豊が頭を上げた。

「はい、それが怪我の治療を依頼した下谷の蘭法医が、評判倒れの藪医者のようでございまして、術後の容体が芳しくなく、術後十日ほどで死亡。すでに新吉原遊郭近くの投げ込み寺、浄閑寺にて密葬されたとのことです」

大岡忠相が目を白黒させる虎庵を横目で睨み、意味ありげに笑った。

「そうか、忠相。とんだ藪医者だったな。そういえば虎庵殿もあばらに怪我をされているようだが、藪医者にはくれぐれも注意されよ。では帰るとするか。ただし、継豊殿、くれぐれもこの場での出来事、口外されぬよう」

吉宗は島津継豊の右肩を鷲掴みにすると、そのまま引き上げるように立ち上がらせ、編み笠を被せた。

吉宗一行は来た時と同じように、良仁堂の庭の奥にある木戸をくぐり姿を消した。

虎庵、佐助、雅雅、桔梗之介、そして愛一郎は、黙って後姿を見送った。

了

本作品は当文庫のための書き下ろしです。

文芸社文庫

黄金の地下城　風魔小太郎血風録

二〇一六年六月十五日　初版第一刷発行

著　者　安芸宗一郎
発行者　瓜谷綱延
発行所　株式会社　文芸社
〒一六〇‐〇〇二二
東京都新宿区新宿一‐一〇‐一
電話　〇三‐五三六九‐三〇六〇（代表）
〇三‐五三六九‐二二九九（販売）

印刷所　図書印刷株式会社
装幀者　三村淳

© Soichiro Aki 2016 Printed in Japan
乱丁本・落丁本はお手数ですが小社販売部宛にお送りください。
送料小社負担にてお取り替えいたします。
ISBN978-4-286-17713-7

[文芸社文庫　既刊本]

トンデモ日本史の真相　史跡お宝編
原田　実

日本史上の奇説・珍説・異端とされる説を徹底検証！　文庫化にあたり、お江をめぐる奇説を含む2項目を追加。墨俣一夜城／ペトログラフ、他

トンデモ日本史の真相　人物伝承編
原田　実

日本史上でまことしやかに語られてきた奇説・珍説・伝承等を徹底検証！　文庫化にあたり、「福澤諭吉は侵略主義者だった？」を追加（解説・芦辺拓）。

戦国の世を生きた七人の女
由良弥生

「お家」のために犠牲となり、人質や政治上の駆け引きの道具にされた乱世の妻妾。悲しみに耐え、懸命に生き抜いた「江姫」らの姿を描く。

江戸暗殺史
森川哲郎

徳川家康の毒殺多用説から、坂本竜馬暗殺事件の謎まで、権力争いによる謀略、暗殺事件の数々。闇へと葬り去られた歴史の真相に迫る。

幕府検死官　玄庵　血闘
加野厚志

慈姑頭に仕込杖、無外流抜刀術の遣い手は、人を救う蘭医にして人斬り。南町奉行所付の「検死官」が、連続女殺しの下手人を追い、お江戸を走る！